W0354550

Sundborn
oder
Die Tage des Lichts

Philippe Delerm

Sundborn
oder
Die Tage des Lichts

Roman

Aus dem Französischen von
Hinrich Schmidt-Henkel

Scherz

Die Originalausgabe erschien unter dem Titel
«Sundborn ou Les Jours de lumière» bei Editions du Rocher, Paris.

Erste Auflage 2001
Copyright © Editions du Rocher, 1996.
Alle deutschsprachigen Rechte beim Scherz Verlag,
Bern, München, Wien.
Alle Rechte der Verbreitung, auch durch Funk, Fernsehen,
fotomechanische Wiedergabe, Tonträger jeder Art und
auszugsweisen Nachdruck, sind vorbehalten.

Ich betrachte lieber, als dass ich denke.

Søren Krøyer

Das eine Tier quält und frisst das andere auf,
die eine Blume erwürgt und tötet die
andere Blume . . .
Du hast dich viele Jahre gefreut, einen besten Freund
dein Eigen zu nennen, und nun wendet er sein
Angesicht gegen dich – und das ist des Teufels!
Man fragt und fragt, warum? Warum alle diese
Abscheulichkeiten?
Unterdessen ziehen Wolken, weiße oder rosa
schimmernde Wolken, am blauen Himmel.

Carl Larsson, *Auf der Sonnenseite*

Falun, am 24. Januar 1919
Karin Larsson an Ulrik Tercier

Mein lieber, lieber Ulrik,

wie lange ist es her, dass ich Ihnen das letzte Mal schrieb? Und warum greife ich erst zur Feder, um Ihnen diese traurige Nachricht zu überbringen? Es ist, wie es ist, leider. Sie sind der Erste, zu dem ich diese Wörter sagen möchte, die mir so unmöglich erscheinen: Carl ist tot.

Es geschah ganz sacht, vorgestern Abend; erst dachte ich, es sei eine melancholische Haltung, doch bald klagte er über heftiges Kopfweh. Er bedeutete mir, er wolle niemanden stören, und ging zu Bett. Als ich ebenfalls ins Schlafzimmer kam ... da war es schon vorbei. Suzanne sang immer noch, und draußen fielen große Schneeflocken wie gewölbte Blütenblätter auf die Dächer von Falun.

Vielleicht ist es auch wegen Suzanne, dass ich sofort an Sie dachte, Ulrik. Wissen Sie noch? Ich war mit ihr in Erwartung, an jenem legendären Festabend in

Grez-sur-Loing im Sommer 1884. Was waren wir fröhlich! Und natürlich führte Carl den Tanz an. Er war glücklich damals. Seither ist er stets der Mann geblieben, der an das Glück glauben *wollte*, was nicht ganz dasselbe ist, wie wirklich daran zu glauben. Aber ich kann Ihnen versichern, dass er bis zu seinem letzten Atemzug so gelebt hat. Dennoch war sein Gemüt in den letzten Jahren recht schwer geworden. Dieser furchtbare Krieg, den Ihr Land durchgemacht hat, war für ihn ein schicksalhaftes Anzeichen dafür, dass all jenes, was er, was wir alle in der Malerei und im Leben gesucht haben, unwiederbringlich verschwindet.

Wir alle haben es gesucht. Das spüre ich heute, und deswegen habe ich das Bedürfnis, Ihnen zu schreiben. Obwohl das Schicksal uns getrennt hat, erkenne ich jetzt nur noch besser, wie eng wir verbunden waren. Carl, Søren Krøyer, Sie, Ulrik, und ich, wie an jenem Abend 84 in Grez, und Anna und Michael Ancher und Marie Krøyer und natürlich Julia. Sie und ich, wir werden Julia nie vergessen können. Wie viele Schatten schon auf unseren lichten Wegen!

Wir waren Männer und Frauen, die miteinander glaubten, das Glück sei das Einzige, was auf dem Spiel stehe, sei das einzige Risiko, das einzugehen sich lohne, und es könne die einzige Entgegnung auf all das Barbarische sein, das über den Anfang unseres Jahrhunderts niedergegangen ist. Bilder werden davon bleiben und in ihnen eine Art zu leben und das Leben zu lieben.

Und Sie, Ulrik, der Sie unsere Suche geteilt, der Sie die Quintessenz all dieser Bilder miterlebt haben, ohne jemals selber zu malen, der Sie uns alle so gut gekannt haben – vielleicht ist jetzt der Augenblick gekommen, dass Sie von unserem Abenteuer berichten. Andere haben es getan, aber so verfälscht, mit so viel Bitterkeit; ich meine nicht nur Strindberg. Ich glaube, dass all das seinen Sinn hatte, auch Ihr Dasein bei uns.

Freilich, die Bilder sprechen für sich. Aber Sie wissen, was diese Malerei an Eigenem hatte. Ob am Strand von Skagen oder im Garten von Sundborn, wir wollten das Leben und das Licht festhalten. Doch wir wollten auch leben, miteinander leben, wollten das Glück in der Gegenwart zu fassen bekommen. Vielleicht war das zu viel verlangt. Vielleicht. Aber das war das ganze Geheimnis unseres Erdendaseins. Wer das nicht begreift, der wird, so fürchte ich, auch den Sinn unserer Kunst nicht erfassen, die kein L'art pour l'art war, sondern eine lebensnahe Kunst, eine Kunst, das Glück zu leben und weiterzugeben.

Und dann sind da auch all diese Verletzungen, die wohl nur Sie allein ebenso gut kennen wie ich, all diese Verletzungen, die nichts sind als die Kehrseite des Glücks und von denen man auch berichten sollte . . .

Ich weiß wohl, mein Brief muss ein wenig seltsam auf Sie wirken, doch ich weiß auch, dass er nicht ohne Widerhall in Ihnen bleiben wird. Schon damals in Grez schien es, als würden Sie aus einer gewissen Distanz an allem teilnehmen, als eine Art Beobachter unserer Geschichte. Doch die Jahre danach haben mich gelehrt, wie stark Sie alles innerlich miterlebt haben. Ist es jetzt nicht so weit, etwas daraus zu machen?

Was hier oben in Schweden mit dem Werk Carl Larssons werden wird, ich weiß es nicht. Die idyllischen Blätter über unser Haus haben ihn berühmt gemacht, doch wie wird man sie in ein paar Jahren sehen? Ich für meinen Teil habe getan, was in meiner Macht stand, habe sogar auf jede eigene schöpferische Arbeit verzichtet. Und heute habe ich keine Lust mehr, darum zu kämpfen. Ich will nur noch in Ruhe meine Trauer durchleben, die jetzt beginnt ...

Werden wir einander wiedersehen? Ich weiß es nicht. Doch ich weiß, dass wir immer vereint sein werden, Sie, ich, Carl, Julia und all die anderen und das helle Lachen, das über das Wasser des Loing schallte, eines Abends vor so vielen Jahren ...

Ich umarme Sie,

Karin

Grez-sur-Loing, 24. Juni 1884

Die Tische aus dem Café stehen jetzt draußen unter dem Kastanienbaum. Licht sickert durch die Zweige, es ist getönt wie Kräutertee. Aus den geöffneten Fenstern hört man das Klappern der Teller, den dumpferen Anprall des Kruges am Spülstein, Lachen und Flüche. Justine kreischt auf, offenbar hat François, der Knecht, sie nass gespritzt. Der fast reinweiße Staub des Hofs fliegt beim leisesten Hauch auf, tanzt und verblasst in den Sonnenstrahlen. Vor mir steht der Topf mit Wasser und ein Glas Mandelsirup. Dieser Duft nach Süßmandeln beim ersten Schluck, diese Empfindung, beim Trinken die ganze Stille des Nachmittags zu atmen, den Frieden der schweigsamen Gärten, des Dorfs mit all seinen kleinen Ritualen.

Unvermittelt ist eine tiefere Stimme zu hören, sie ertönt aus dem weinrankenumkränzten Salon, ihr antwortet eine zweite, ebenso rau und vergnügt:

«Verflixt noch mal, Larsson, wenn Sie nicht endlich still sitzen, wie soll ich dann Ihr Profil für die Nachwelt festhalten?»

«Sparen Sie sich die Mühe, Krøyer, Sie haben eben kein Talent! Außerdem weiß ich nur zu genau, was Sie an meinem edlen Antlitz interessiert! Das ‹typisch Schwedische›, mein Nordbauerngesicht, das Sie karikieren wollen, Sie dänischer Hund!»

Amüsiert gehe ich näher an das große Fenster heran. Der Salon des Hotels Chevillon ist dunkel zwischen den Paneelwänden; nur ein einziger Sonnenstrahl fällt hinein wie ein Pfeil aus Licht. Seit Søren Krøyer hier ist, wirkt Carl Larsson rundum ausgelassen. Ich sehe, wie er ungeniert von dem Stuhl unter dem blassgrünen Lampenschirm aus Opalglas aufsteht, in dem er so tat, als sitze er Modell. Er geht zu Krøyer hin und schiebt ihn demonstrativ beiseite, um mit einer undurchdringlichen Grimasse die Leinwand zu mustern. Dann reißt er Søren den Pinsel aus der Hand und beginnt, sein Porträt rasch mit übertriebenen, ulkigen Tupfern zu korrigieren.

«Mein lieber Krøyer, was zaudern Sie denn so angesichts meines lächerlichen Gesichtserkers? Auf Ihrem Bild nimmt er sich ja fast nobel aus. Finden Sie ihn so nicht besser getroffen?»

Der verblüffte Krøyer sieht sein Werk binnen eines Augenblicks in eine groteske Karikatur verwandelt. Die kleine Harlekinsnase, die Larsson wie ein Komma auf die Leinwand gesetzt hat, passt perfekt zu der aufgekratzten Stimmung, die sich der Hotelgäste bemächtigt hat. Jetzt starrt Krøyer seinen Freund auf einmal drohend an. Mit bebenden Nasenflügeln geht er auf ihn los, die Hand erhoben, als wollte er ihn schlagen. Schon rasen die beiden Männer durch den Raum, in einer entfesselten Verfolgungsjagd, von wildem Kriegsgeschrei begleitet.

Ich sehe im Gegenlicht, wie sie auf den Rasen laufen. Sie rennen unter den Linden dahin, leichte Gestalten, Larsson im dunklen Anzug, Krøyer im weißen. Sie verfolgen einander um die Stämme. Von ihren Rufen alarmiert, ist Karin auf den Balkon des Gartenhäuschens getreten und betrachtet sie kopfschüttelnd, mit belustigtem Lächeln. Jetzt erklimmen die beiden die Treppe zur Gartenterrasse, schlängeln sich zwischen den dunkelgrünen Tischen und Stühlen hindurch, dann laufen sie zum Ufer des Flusses. Larsson springt in ein Boot, doch bevor er die Ruder hat ergreifen können, ist Krøyer schon bei ihm und wirft ihn nieder, sie rangeln miteinander, es ist ein gespielter Kampf, sie lachen laut, Wasser spritzt, das Ruderboot schwankt klatschend. Als sie endlich wieder aufstehen und aus dem Boot an Land klettern, tun sie bei jedem Schritt so, als würden sie gleich umfallen. Das ganze Hotel ist zur Stelle, an Fenstern und Türen, um nach der Quelle des Tumults zu sehen. Jedem ist klar, dass Carl Larsson jedenfalls mit von der Partie sein muss. Er hat wirklich sein Pendant gefunden in Søren Krøyer, der erst seit acht Tagen im Hotel Chevillon wohnt, aber von der ersten Stunde an in dieser einzigartigen Atmosphäre vollkommen zu Hause war. Seit Anfang Juni ist jeder Tag ein Festtag, unermüdlich lassen die Maler aus Skandinavien sich Neues einfallen, um den Sommer zu begrüßen. Karin ist hier, natürlich, sie erwartet ihr erstes Kind, Anfang August soll es so weit sein, aber sie malt jeden Vormittag ebenso intensiv wie Carl. Dann sind da die Norweger, Christian Krohg und Christian Skredsvig. Außerdem der Schwede Karl Nordström, der Larsson erstmals nach Grez gebracht hatte. Alle malen sie immer wieder den Gemüsegarten der Mère Morot, das Feld des Père Martin und vor allem die Ufer des Loing mit den vielen kleinen Waschhäusern. Und schließlich ist da auch der Schriftsteller, August Strindberg; mit seiner Frau wohnt er in der Pension Laurent und arbeitet an einem Buch über die französischen Bauern.

Alle stehen sie jetzt da, ein Lächeln auf den Lippen, Monsieur und Madame Chevillon, Justine und François, sogar das alte Zimmermädchen Léonie, dabei ist die taub. Alle sehen sie zu, wie dieses seltsame Paar untergehakt über den Rasen herankommt, gespielt betrunken, doch der Rausch liegt nicht am Alkohol, sondern an der Sonne, der Freundschaft, der Vorfreude auf den langen Abend im betörenden Duft des Flusses. Carl Larsson in seinen etwas zu weiten Hosen, der kurzen Weste, unter der die Hosenträger hervorschauen, auf dem Kopf den großen weißen Hut, den er Søren stibitzt hat. Krøyer mit seiner weißen Jacke und den weißen Knickerbocker ist da eleganter. Seine Kniestrümpfe wirken ironisch geziert, unterstrichen noch von dem schwarzen Kummerband um die Taille – als würde der Träger sich selber darüber lustig machen, wie er sich herausputzt. Auch scheint der Däne etwas schlanker zu sein und überhaupt mehr auf seine körperliche Erscheinung Acht zu geben. Dennoch sehen beide aus, als wären sie entfernt miteinander verwandt, wahrscheinlich wegen des rötlichen Schimmers, den sie beide in Bart und Haaren tragen, und wegen der Lorgnons, die sie eben aufgesetzt haben, mit einer ulkigen, synchronisierten Bewegung, um ihr Publikum besser betrachten zu können. Eben bleibt Carl unter der Glyzinien-Pergola stehen und hebt die Hand, Aufmerksamkeit heischend, eine den Gästen des Hotels Chevillon seit langem vertraute Bewegung, nach all den vielen Trinksprüchen und offiziellen Verlautbarungen!

«Meine lieben Freunde!», hebt Carl an. «Die meisten von Ihnen dürften sich noch an das wunderbare Fest zu unserer Hochzeit hier vor einem Jahr erinnern. Karin und ich werden nie vergessen, wie wir einander auf der siebenbogigen Brücke der glücklichen Gemeinde Grez-sur-Loing kennen gelernt haben! Ein ganzes Jahr haben wir seither dank der Geduld und Freundlichkeit unserer Gastgeber an diesem Ort verbracht» – hier verbeugt sich Larsson in Richtung der Chevillons – «unserer wunderbaren Gastgeber, die nicht aufgehört haben, uns zu verwöhnen, obwohl unsere Bilder sich anfangs kaum verkaufen ließen. Dieses Jahr, so will ich sagen, hat unsere Liebe zu dieser Wahlheimat der skandinavischen Maler immer tiefer werden lassen. Dann kam im Frühjahr mein unverhoffter Erfolg beim Salon in Paris, und mittlerweile sind meine Freunde Strindberg und Krøyer auch hier. Schließlich erwarten wir unser erstes Kind. All das möchte ich mit Ihnen allen feiern und mit allen Bewohnern von Grez und deren Kindern. Daher habe ich für heute Abend ein Fest geplant, das das vorjährige weit in den Schatten stellen wird, und daher brauche ich jetzt, wenn Sie sie mir gewähren wollen, Ihre Hilfe für die letzten Vorbereitungen!»

Begeisterungsrufe sind das Echo auf Larssons Rede. Christian Krohg und Karl Nordström werfen ihre runden Strohhüte in die Luft.

Im Handumdrehen ist jeder mit einer Aufgabe betraut. Das Ehepaar Chevillon und Justine begeben sich in die Küche und bereiten aus den Köstlichkeiten, die Carl aus Paris gebracht hat, ein Festmahl zu; Christian Krohg setzt sich ans Klavier, um die Romanzen für den Ball zu üben. Alle anderen hat Carl mit einem Wink zu dem Gartenhäuschen gebeten, in dem er und Karin seit einem guten Jahr wohnen. Hingerissen von seiner eigenen Wirkung, ersteigt er die Stufen zum Balkon und bringt kurz darauf eine beträchtliche Menge Girlanden aller Art heraus, Lampions und Kerzen, die er behutsam eine nach der anderen der kleinen Schar auf dem Rasen hinunterreicht.

«Karl und August, hiermit ernenne ich Sie zu Sonderbeauftragten für die Regatta!»

Und da Strindberg und Nordström ihn begriffsstutzig ansehen, sagt er:

«Ihr Banausen, Segelschiffe sind an diesen gastlichen Gestaden nicht zu finden. Aber sorgt dafür, dass ein Dutzend solider Ruderboote stromaufwärts gebracht und bei Père Martins Feld vertäut werden. Das Ziel ist dann die Brücke!»

Grüppchenweise macht man sich hier und da in Hotel und Garten zu schaffen. Ich stehe tatenlos da, mit hängenden Armen, weiß nicht, wo ich mich anschließen soll, doch da spüre ich schon Carls schwere Hand auf meiner Schulter.

«Ulrik! Du scheinst mir der richtige Mann zu sein, um ein Geheimnis zu bewahren! Ich möchte eins mit dir teilen. Wir beide bereiten ein großes Spektakel vor.»

Und ohne weitere Erläuterungen zieht er mich hinter sich her, auf die schmale, dunkle, nach Salpeter riechende Treppe zum Keller des Hotels. Seltsam, jetzt ist ohne weiteres etwas geschehen, das ich seit langem ersehnt habe: mit Carl allein sein, mitgerissen, geschützt. Vielleicht ist das ja schlicht seine Art, mir seine Freundschaft zu zeigen. Er hat seit dem Tod meiner Mutter neulich kein Wort darüber verloren, aber sein Blick, den ich häufig eingefangen habe – ohne Mitleid, sondern warmherzig funkelnd –, hat mir die letzten Tage leichter sein lassen.

«Hier, belade diese Körbe mit leeren Flaschen! Ich suche einen Hammer, Nägel und ein paar Stöcke. Grez-sur-Loing wird diesen Abend nicht vergessen, darauf gebe ich mein Larsson-Ehrenwort!»

Mit ihm braucht man nicht viel Worte zu machen. Er spricht für zwei, doch sein unaufhörlicher Redefluss verbirgt etwas, eine Art Höflichkeit, einen Takt, dank dessen man sich seiner Gefühle nicht zu schämen braucht. Voll geladene Körbe in beiden Händen, begleite ich ihn zum Schwimmponton, der Anlegestelle beim ersten Brückenbogen. Er geht kurz zum Waschhaus hinüber, dann kommt er zurück, einen kleinen Karren voll geheimnisvoller Gegenstände, zylindrischer Formen unterschiedlicher Länge, vor sich herschiebend.

«Ist das etwa . . .?»

Larsson legt einen Finger auf die Lippen.

«Ja, Ulrik. Ein Feuerwerk! Das größte Feuerwerk, das man jemals an den Ufern des Loing gesehen hat!»

Jetzt brauche ich nur noch zuzusehen, was er tut, und es ihm nachzumachen: die leeren Flaschen ein wenig in den Sandboden versenken und die Raketen hineinstellen, die Sonnenräder an Brettern und Lindenstämmen befestigen – die Nägel nicht zu tief einschlagen, damit die Räder sich drehen können – und rundum auf dem Ponton bengalische Feuer verteilen. Einzig Strindbergs zwei kleine Töchter, denen Carl die Spitznamen Flora und Pomona gegeben hat, sind als Publikum zugelassen. Sie lassen ihre blonden, von der Sommersonne fast weiß gebleichten Locken über die schlummernden Sterne baumeln, die am Grund der dunkelgrünen Flaschen darauf warten, dass wir sie wecken.

Ich weiß nicht, wie lange dieses rasche, genüssliche Hantieren dauert, ich weiß nur, dass die Sonne sinkt; jetzt hat sie bereits den Turm von Ganne umrundet und wirft ihr oranges Licht auf die Ruinen des Schlosses über dem ersten Waschhaus. Ich weiß, dass die Zeit, die so schwer auf mir lastete, angefangen hat zu schweben, sie fliegt wie der blonde Staub in den Sonnenstrahlen zwischen den Lindenzweigen. Ich spüre, dass etwas sehr Sanftes, sehr Starkes mich aufnimmt und mit sich trägt. Der funkelnde Fluss fließt so geruhsam unter den grauen Brückenbogen dahin.

Als wir wieder zum Hotel hinaufgehen, sind die Töne des Klaviers nicht mehr so deutlich zu hören wie vorhin, sondern werden von fröhlichem Geplauder und Schritten fast überdeckt, so dass die Musik jetzt das Fest weniger anzuführen als es zu begleiten scheint; es ist, als würde sie in die aufkommende Festfreude die Melancholie eines schon vergangenen Augenblicks mischen, als würde man dessen Fülle schon in vollen Zügen genießen und zugleich bereits bedauern, dass er vergangen und verloren ist.

Laute Rufe bewillkommnen Carl im Salon, und ich bin nicht im Geringsten überrascht zu sehen, wie er schnurstracks auf Nordström zugeht und ihn in einen turbulenten Tanz mitreißt. Die beiden etwas täppischen Männer imitieren die wirbelnde Eleganz eines höfischen Balls. Dann lässt Larsson ohne weitere Umstände seinen Kavalier stehen, der auf einen Stuhl plumpst, freilich nicht ohne im Vorübergehen nach einem Kelch Champagner zu greifen. Carl geht zu den Kindern, die sich in einer Gruppe auf der Schwelle zum Salon drängeln. Er verneigt sich fast bis zum Boden:

«Mademoiselle Flora, würden Sie mir die Ehre dieses Tanzes gewähren, falls Ihr Fräulein Schwester keine Bedenken dagegen hat? Ich würde selbstverständlich die Gelegenheit nutzen, in ein paar Minuten sie ihrerseits herumzuwirbeln, falls dies ihr Begehr sein sollte!»

Diesmal gerät der Reigen zeremoniöser. Larsson und Strindbergs kleine Tochter halten einander bei den Fingerspitzen und drehen sich langsam, mit kleinen, trippelnden Schritten, mit ungeschickter, tapsender Grazie. Floras goldene Locken spielen auf dem Matrosenkragen ihres blassblauen Kleidchens. Nach Ende des Tanzes geleitet Larsson, stets auf gute Form bedacht, das Kind zu seinem Platz und bietet ihm ein Glas Orangensaft an.

Jetzt aber wird Søren Krøyer sichtlich ungeduldig. Er hält es nicht mehr aus, packt Christian Krohg bei den Schultern und nimmt dessen Platz auf dem Klavierhocker ein:

«Ah! Ihr Norweger mit eurer ewigen Trauermusik!

Sehen Sie denn nicht, dass diese edle Gesellschaft eine beschwingtere Musik braucht?»

Und mit ausgestreckten Armen, den Oberkörper recht weit von der Tastatur entfernt, lässt er entschiedenen Blicks die energischen Akkorde einer Polka erklingen, deren etwas dünne Melodie nicht mehr ist als ein Vorwand für das kräftige Bassfundament der Begleitung. Sofort bilden sich Tanzpaare, ganz nach Zufall; Larssons Auftritt hat alle Konventionen beiseite gefegt. Nur Monsieur Chevillon und Siri Strindberg tanzen die klassischen Figuren, alle anderen ersetzen ihre mangelnde tänzerische Fertigkeit durch umso mehr entfesselten Schwung. Krohg, Nordström und Strindberg haben junge Frauen aus dem Dorf aufgefordert, denn allmählich treffen auch die Einwohner von Grez ein und mischen sich ohne Scheu unter das Treiben – es ist zu spüren, dass dies nicht die erste solche gastliche Gelegenheit ist. Merkwürdige Paare. Zahlreiche Kinder bewegen sich an der Seite des Tanzbodens, vor den zurückgerollten Teppichen. Männerpaare, Frauenpaare. Krøyer begleitet sein Klavierspiel mit Gesang, er selber hätte wohl gern, dass seine Stimme mächtig klänge, doch durchdringen die rauen Töne kaum den allgemeinen Trubel. Ich selber bin irgendwie an die alte Léonie geraten, die in meinem Arm ob der unerwarteten Ehre Opfer eines Heiterkeitsanfalls wird, aus dem sie sich nur mit der Ausrede retten kann, sie werde in der Küche gebraucht.

Larsson hat zärtlich Karin aufgefordert, deren dunkelblaues Kleid mit dem gaufrierten Kragen ihren schweren Bauch nicht verbergen kann. Ohne Rücksicht auf den Rhythmus der Musik führt er sie ganz langsam und sacht. Sie blicken einander an und lächeln, beinahe ernst. Von meiner Tanzpartnerin verlassen, kann ich die Augen nicht von diesem Paar wenden. Ein Bild, das sich einprägt – das einzige, das sie beide nicht malen könnten. Carl und Karin. Ohne sie wäre alles anders. Karin ist nicht unbedingt schön zu nennen, aber sie sieht so hübsch, so frisch aus mit ihrem braunen, zu einem Knoten gesteckten Haar, unter dem ihre niedlichen kleinen, etwas abstehenden Ohren zu sehen sind, und vor allem mit ihren so großen, tiefen, dunklen, lang bewimperten Augen. «Kuhaugen», sagt Larsson gern, um die Empörung seines Gegenübers hervorzurufen und ihm dann umso besser erklären zu können, warum die Augen eines Rindviehs die schönsten der gesamten Schöpfung seien.

Am Klavier löst Nordström Krøyer ab und Strindberg Nordström. Mazurken, Walzer, Polkas. Ich stehe da, ein Glas Champagner in der Hand, und spüre, wie sich mir der Kopf zu drehen beginnt. Ich gehe hinaus, unter die Markise.

«Wird langsam dunkel», meint Léonie und macht sich daran, die Lampions zu entzünden, die hie und da im Garten angebracht sind.

Ja, die Juninacht kommt, und dank all dieser Lichter wird sie ringsum blau, bebend und magisch im Zittern der Flammen. Überall brennt etwas, Fackeln und Kerzen, auf Tischen, hinten im Garten, Lampiongirlanden schwingen sich von Ast zu Ast. Ich bin allein. Der Festlärm hinter mir lässt den vertrauten, jetzt von den Lichtern verwandelten Anblick nur noch geheimnisvoller wirken. Unten hinter der Gartenterrasse spiegelt sich eine Reihe von Fackeln im Loing.

Auf einmal tönt Larssons Stimme:

«Verflixt, gleich ist es zu dunkel für die Regatta!»

Und alles stürzt los. Jäh brechen die Klavierakkorde ab; die ganze Gesellschaft eilt in den Garten. Monsieur Chevillon versucht erfolglos, Carl von seiner Idee abzubringen, doch dieser gebietet mit der Würde eines römischen Kaisers, dass die Brücke beleuchtet werde; sofort werden Fackeln dorthin gebracht. Während das vor Aufregung und ein wenig Sorge bebende Publikum sich mit den Ellbogen auf die Brüstung stützt, verschwinden Larsson, Krøyer, Nordström, Strindberg und Krohg am Ufer in Richtung der unsichtbaren Boote. Dann hört man Ketten und dumpfes Rumpeln, Plätschern, Flüche und herausfordernde Rufe. Offenbar rammen die Ruderboote einander; jetzt sind auch die rhythmisch ins Wasser des Flusses eintauchenden Ruder vernehmbar.

«Da!», ruft Siri Strindberg auf einmal und deutet mit dem Finger auf eine weiße Gestalt.

Ja, Krøyer führt das Rennen an. Regelrecht bescheiden ist er in seinem Triumph nicht. Als er eben unter der Brücke hindurchgleitet, lässt er die Ruder los und steht auf, die Arme hoch erhoben. Christian Krohg, dicht hinter ihm, steuert sein Boot mit wütenden Schlägen gegen das des Dänen, der unter den entzückt-beängstigten Rufen der weit über sie gebeugten Zuschauer das Gleichgewicht verliert und armwedelnd und mit gespielten Entsetzensschreien in den Loing plumpst.

So langsam fange ich an, sie zu durchschauen, diese äußerlich so ernsthaften Freunde aus dem Norden, die sich, sobald ein Fest winkt, wie verrückt gebärden.

Es wird noch viel gespielte Bosheit und Rangeleien geben, allein um zu verbergen, wie glücklich sie sind, dass sie hier in der warmen Sommernacht beisammen sind.

Zum Essen hat sich Krøyer bereits wieder umgezogen, sein Anzug ist ebenso makellos wie der vorige, und stolz sitzt sein Träger zwischen Karin Larsson und Siri Strindberg. Ich ... ich zähle nicht, ich esse nicht, ich rede nicht. Ich habe den Tod kennen gelernt. Und jetzt lerne ich jäh kennen, was das Leben ist. Ein seltsam schmerzliches Lernen ist das. Es war so viel einfacher, mir vorzustellen, dass alles glanzlos sei und absurd. Doch heute Abend ist das Leben da, in vollen Zügen. Die Nacht ist mild, all die leichten, wirbelnden Flammen machen mich schwindeln. Die Männer und Frauen singen und necken einander. Ich weiß, dass sie Träume haben, aber nicht darüber reden. Als endlich der Alkohol und die Ermattung vom Tanzen für eine etwas ernstere Stimmung sorgen könnten, wird das Feuerwerk losgelassen. Carl springt aller Enden im Schatten herum. Ich sitze in der Hocke am Ufer, da kommt Karin vorbei und legt mir sacht die Hand auf die Schulter. Garben von grünen und weißen Sternen regnen auf den Fluss hernieder. Ich möchte nur noch, dass das alles aufhört, aber jede neue Rakete ist wie eine grelle Salve, die die Nacht zerreißt, sich mit ihr misst und sie besiegt. Dann noch das frenetische Knattern des Finales, und schon ist alles vorüber. Die Kerzen werden ausgepustet, die Lampions gelöscht. Nur noch gedämpft spricht man auf dem Weg zurück, den heiter und gelassen daliegenden Rasen hinauf. Ich bleibe am Wasser sitzen. Ein letztes bengalisches Feuer will und will nicht verlöschen. Die breite gelbe Flamme wiegt sich im ersten kühlen Windhauch. Wie blau die Nacht ist.

Paris, Januar 1919

Karins Brief. Seit drei Tagen liegt er aufgefaltet an einer Ecke des Schreibtischs. Ich habe ihn noch nicht beantwortet und weiß schon, was das zu bedeuten hat. Ich hätte sofort schreiben und mich auf diese Weise schützen, vielleicht einen Trost versuchen können. Doch nein. Karin Larsson kann man nicht trösten. Außerdem wäre das auch nicht die Art Antwort, die sie wollte. Das, was sie erwartet, ist nicht mit banalen Worten zu sagen. Seltsam. Ich hätte gedacht, all das sei mehr oder weniger begraben, ja, sogar der Krieg selbst habe mir auf seine Weise dabei geholfen. Ich hatte mich bemüht zu denken, durch ihn sei alles unerheblich geworden – und meine Traurigkeit hatte sich wie wattiert angefühlt, wie vernebelt, fast behaglich. Und jetzt hat Karins Brief mit ein paar blauen Tintenschnörkeln dieses trügerische Vergessen beiseite gefegt, das unter der Asche schlummerte. Ja, an jenem Tag damals, in Grez, vor ... vor fünfunddreißig Jahren, hat etwas begonnen. Seit das Haus meiner Großmutter verkauft wurde, bin ich nicht mehr dorthin zurückgekehrt, ich habe mich nicht getraut. Ich weiß nicht, was aus dem Hotel Chevillon geworden ist, ich weiß nur, dass seit mehr als zwanzig Jahren keiner meiner skandinavischen Freunde mehr dort war. Dabei hatte dieses Fest damals etwas von Ewigkeit an sich gehabt. Die Dörfler schienen es als selbstverständlich zu begreifen, dass diese Maler dem Tag einen besonderen Sinn verliehen, der Atmosphäre ihre besondere Färbung.

Was suchten sie nur alle hier? Anfangs hatte sie wahrscheinlich der Ruf des nahen Barbizon mit seiner Malschule angezogen. Paris war nicht fern – von dort zweieinhalb Stunden mit dem Zug nach Nemours, dann noch vom Bahnhof eine halbe Stunde mit dem Pferdewagen nach Grez. Christian Krohg und Karl Nordström hatten als Erste dieses kleine Paradies entdeckt, das für sie der Inbegriff eines französischen Dorfes war – ihres französischen Dorfes. Sofort hatte Nordström Larsson, den sein Misserfolg in Paris deprimierte, geschrieben, er solle doch zu ihnen stoßen.

Karins Brief bewirkt natürlich, dass ich an andere Briefe denke, die ich alle gesammelt habe wie einen wertlosen Schatz, ohne seit Søren Krøyers Tod vor zehn Jahren daran zu rühren. Aber alle sind sie noch ordentlich da, auch wenn die etwas angerostete Keksdose sich nicht so leicht öffnen ließ. Zwischen den vertrauten Handschriften stach diejenige von Carl Larsson heraus mit all den Ausrufungszeichen, die sogleich seine joviale Stimme wachriefen. Ich habe auch jenen Brief gefunden, den er Anfang des Sommers 1882 an Strindberg schrieb:

Ich wohne jetzt in einem kleinen, idyllischen Bauerndorf, wo ich für den Salon des kommenden Jahres ein dörfliches Gemälde malen will – wie du siehst, gebe ich nicht auf! Ich nehme die Mahlzeiten in einer Pension ein, zusammen mit Amerikanern, einem Deutschen, einem Norweger und drei Französinnen. Du kannst dir nicht vorstellen, wie poetisch so ein Dörfchen ist! In seiner Mitte thront eine Kirche, uralt und pittoresk, mit ihrem sehr imposanten und grundgütigen Pfarrer, dann gibt es da noch die Ruine eines Schlosses, das unsere weiße Königin und Maria Stuart beherbergt hat, einen schönen, von Bäumen gesäumten Fluss, auf dem einen Ufer einen buschigen, beinahe undurchdringlichen Wald, auf dem anderen üppige Weizenfelder; in alldem spazieren freundliche Esel herum und wohnen fromme Menschen und alle anderen Geschöpfe, die auch in unseren Dörfern zu finden sind. Darüber strahlt die Sonne unbegrenzten Kredits. Heute sind zwei Norweger abgereist, die ihre Rechnung schuldig bleiben mussten, die eine über 900 Franc, die andere über 700!!! Vive la France!

Ja, die Sonne. Aber auch dieser gewisse leichte Schleier über dem Licht, eine Abwechslung nach den ewig blank geputzten, allzu reinen, allzu hohen Himmeln Skandinaviens. Das alles hatten sie in Grez gefunden. Und dazu die gutmütige Gastlichkeit der Pension Laurent oder des Hotels Chevillon. Ansonsten war Grez nichts weiter als eben ein typisches Dörfchen der Île-de-France, mit buckligen, gepflasterten Straßen, die vom Loing heraufführten. In der

Ecke eines Platzes befindet sich das Grab von Laure de Berny, Balzacs Geliebter, die dort ihren ewigen Schlaf schläft, eine Lilie im Tale. Steinmauern umkränzen Gärten voll Gemüse und Früchten, und alles wird schützend überragt vom efeuumschlungenen Ganne-Turm, dem Schloss, der Kirche Saint-Laurent. Vor allem ist da der Fluss unter den sieben verschieden großen Bogen der Brücke, immer kleiner zum rechten Ufer hin, als wollten sie das Dorf nicht erschrecken. Dazu Bootsstege und Waschhäuser, als müsste die Schönheit des Wassers durch den Hinweis auf Arbeit gerechtfertigt werden. Dank der Maler aber war das Flussufer mit einem Mal nur noch das reine Vergnügen, ohne jedes Alibi, ohne jeden Grund zur Rechtfertigung. Denn ihre eigenartige Arbeit bestand darin, ebendas Vergnügen zu fassen zu bekommen, das Licht im Morgengrauen über einem Waschhaus. Ihre noch eigenartigere Aufgabe war, die Arbeit in Vergnügen zu verwandeln, eine Bewegung der Mère Morot in ihrem Gemüsegarten festzuhalten, wie sie da zwischen ihren Kürbissen wirtschaftet.

Natürlich wollte mein Vater die Maler kennen lernen, er mit seiner unerfüllten Leidenschaft für die Malerei. Dass meine Mutter Dänin war, erleichterte sein Vorhaben. Nach ein paar Monaten waren die skandinavischen Künstler das Herz unseres Sommerdaseins in Grez. Nun, da Karins Brief mich an die Ufer des Loing zurückbringt, steigen vielerlei Bilder herauf...

Denn Grez war für mich der Sommer. Ein Haus voll Schatten und Sonne, Erdbeeren und Schaukeln, Cousins, Cousinen und Spielen. Dort wartete eine alte Frau auf mich, eine sehr alte, wie es hieß, die mir entgegeneilte, wenn ich Anfang Juli aus dem Auto sprang. Ich erstickte fast in ihrer Umarmung.

«Komm», sagte sie, «es sind noch ein paar Taubenherzen da!»

Jedes Jahr begann der Sommer für mich mit dem Aroma dieser Kirschen. Das Haus ist verkauft, der Kirschbaum wahrscheinlich verdorrt, aber ich sehe immer noch das gelblich rosige, fleischig üppige Innere der Kirschen vor mir, schmecke die hauchleicht bitteren und dabei so süßen Früchte. Dieses Ritual, mit dem sie mich in den Garten zog, von den anderen fort, besiegelte unsere Vertrautheit und verlieh ihr einen Kirschduft. Dann holte Großmutter Wasser vom Brunnen, goss Gläser voll und gab einen Löffel Orangenblütenwasser dazu. Ich sehe die kleine blaue Flasche vor mir, die Zuckerkristalle, wie sie sich in meinem Glas auflösen, spüre den kühlen Löffel an den Zähnen. Habe ich jemals wieder so einen Durst erlebt und so ein Talent, ihn zu löschen? Ich aß Kirschen und trank Orangenblüten. Dann konnte der Sommer beginnen.

Der Sommer. Alle Sommer. Immer Ende Juni brachte mein Vater meine Mutter und mich nach Grez. Dann fuhr er in seine Pariser Arztpraxis zurück und kam jedes Wochenende zu uns heraus. Nicht einmal im Traum wäre ich auf die Idee gekommen, woandershin zu wollen. Um Großvater und Großmutter, dann mehr noch um Großmutter, als sie allein geblieben war, scharten sich alljährlich die Brüder und die eine Schwester meines Vaters, dazu all ihre Kinder, all diese Cousins und Cousinen, die meine Einsamkeit sprengten; ich gab zwar nur widerwillig die etwas melancholische Vorrangstellung des Einzelkindes auf, war aber fasziniert von all dieser Bewegung, der Keckheit meiner Cousinen in ihren weißen Kleidchen, mit den ordentlichen Strohhüten samt Hutband, ganz die braven Mustertöchter, dabei aber unendlich viel gerissener als ich, viel kühner auf der Schaukel im Garten und vor allem viel erfahrener im Spiel mit einer mokanten Verführungskunst; leichtsinnig und schmerzlich war sie und ließ mich abends nicht einschlafen.

Für meinen Vater war es ebenso undenkbar, nicht nach Grez zu fahren. In diese festliche, spielerische Form des Familienlebens, die er allein nie hätte erfüllen können, doch zu der seine Verwandten immer noch ein großzügiges Talent besessen hatten, mischte sich bei ihm eine wahre Leidenschaft für die Malerei. Wie andere sich ein Netz von Beziehungen zu kleinen Winzern aufbauen, um irgendwann an die großen Weine heranzukommen, so heftete er sich hier bei Barbizon, am Rand des Waldes von Fontainebleau, den kleinen Meistern an die Fersen, um den großen vorgestellt zu werden; er kaufte häufig, vor allem, so denke ich, um den Umgang mit diesen Halbgöttern zu rechtfertigen, deren Gespräche, deren schiere Nähe ihm vielleicht zu jener Entwicklung verhelfen würden, die eigentlich aus ihm selber hätte entspringen müssen. Denn er malte. Ein Geheimnis war um dieses Tun, das er sorgsam verborgen hielt, und jedes Mal, wenn ein Familienmitglied darauf anspielte, reagierte er mit einem lauten «Lassen wir dieses Thema, das bringt nichts als Ärger!» und einem selbstironischen Lächeln, das jedoch entschieden genug war, um peinliche Nachfragen zu unterbinden. Wenn er malte, dann den Blicken aller entzogen. Nie hatte er uns eines seiner Bilder gezeigt.

Sein Urteil, dem zufolge seine Versuche lächerlich amateurhaft waren, verlieh ihnen paradoxerweise einen besonderen Wert. Seine stumme Unzufriedenheit wirkte auf die anderen wie eine leichte Charakterschwäche, was er spürte. Dann brummelte er mit mühsam unterdrückter Wut.

Dass meine Mutter jeden Sommer zwei Monate in Grez verbrachte, schien mir damals vollkommen selbstverständlich, aber es kostete sie wohl einige Mühe. Sie saß stundenlang lesend unter dem Nussbaum in einem Liegestuhl. Ich sehe die erdbeerfarbenen und grauen Streifen noch genau vor mir, sehe, wie ihre hoch gewachsene, blasse, blonde Gestalt auf mich zukommt, mir den Handrücken an die Stirn legt, als wollte sie prüfen, ob ich Fieber hatte, und angesichts meines besorgten Blicks mit einer etwas abwesenden Sanftheit, die mich schmerzte, sagt:

«Mach dir keine Sorgen um mich, Ulrik, spiel ruhig mit deinen Cousinen weiter. Ich gehe ein bisschen am Ufer spazieren.»

Wovon träumte sie damals? Hatte sie Heimweh? Wir reisten nie nach Dänemark. Meine Mutter fuhr für das Silvesterfest und die erste Januarwoche allein zu ihrem Vater, während ich nach den Weihnachtsferien schon wieder zur Schule ging und dem Wort «Dänemark» nachträumte, das sie so fern erscheinen ließ. Von heute aus gesehen denke ich, dass meine unwiderstehliche Lust ein paar Jahre später, nach Skagen zu reisen, damals ihren Ursprung hatte, als an der Tafel die Deklination von *dominus* verschwamm und anderen, viel verlockenderen Wörtern Platz machte: Jütland, Ebeltoft, Kopenhagen ...

Ich spürte schon damals in mir diesen Wunsch, einem Geheimnis auf die Spur zu kommen, einem persönlichen, das hinter fremden Gesichtern, unbekannten Landschaften auf mich wartete; ich wollte es entdecken, indem ich ein Land kennen lernte. Von ihrer Kindheit in Dänemark erzählte mir meine Mutter nicht in Grez, wo wir uns niemals so nah waren, sondern in Paris, oft auf dem Nachhauseweg aus den Tuilerien. Den ganzen Nachmittag hatte sie mir zugesehen, wie ich auf die mechanischen Pferde kletterte und mein blauweißes Segelboot in dem runden Wasserbecken herumschob. Unterwegs dann unter den Arkaden in der Rue de Rivoli öffnete sie sich mir plötzlich, matt von Müdigkeit und Melancholie. Ich spürte, dass sie traurig war, und diese Trauer machte mir zu schaffen. Ich hatte selber meine kleinen Kümmernisse, hatte auf eine Kletterpartie an einem der Spielplatzgerüste verzichten müssen, oder das kleine Mädchen mit den grünen Augen, das ich gern wiedersehen wollte, war an diesem Tag nicht in den Park gekommen. Die Erinnerungen meiner Mutter stiegen auf wie der Widerhall eines verlorenen Paradieses. Seit meiner Geburt war sie nicht mehr in Kopenhagen gewesen und hatte sich mit Ebeltoft begnügen müssen, wohin ihr Vater nach seiner Pensionierung gezogen war. Kopenhagen ... Sie erzählte mir von einem Park, der meinen bei weitem übertraf, wo sie als Kind von der Pantomime eines schmerbäuchigen Hanswurstes zugleich fasziniert und beängstigt war. Sie berichtete vom Freiluftzirkus, seinen internationalen Attraktionen, den Pavillon-Konzerten, den Lichtern und den alten Däninnen, die würdevoll auf Klappstühlen saßen und plauderten.

Sie redete wie für sich selbst und ich hörte auch nicht immer zu. Aber ich hörte ihrer Stimme an, wie verletzt sie war, wie voller Sehnsucht, und ich fühlte mich verantwortlich dafür. Dänemark war die Jugend meiner Mutter und sie hatte sie verloren, damit ich meine hier erleben und auf den Pferden der Tuilerien spielen konnte. Stumm und schuldbewusst hielt ich sie bei der Hand. Schon früh wollte meine Mutter mich ihre Sprache lehren, und bereits mit fünf Jahren las ich Andersens Märchen im Original. Daran, wie mein Vater zu uns herüberblickte, die wir im schmalen Lichtkegel der Schreibtischlampe saßen, erkannte ich, dass er es für eine Zeitverschwendung hielt, aber taktvoll genug war, es nicht zu sagen. Immerhin verlangte meine Mutter nicht, dass wir nach Dänemark fuhren. Sie erzählte von ihren Erinnerungen und brachte mir Dänisch bei. Wenn es ihr Spaß machte, warum es ihr verwehren?

Damals hatte ich noch keine Ahnung davon, wie glühend mein Vater diese immer etwas abwesend wirkende, in seiner Nähe meist stumme Frau liebte. Das Ausmaß seiner Liebe erfuhr ich erst später, aus seinem letzten Brief; damals verbarg er es noch sorgfältiger als seine künstlerischen Versuche. Dann aber erhielt die sehnsüchtige Verträumtheit, mit der meine Mutter ihre Tage füllte, einen Namen: Krankheit – einen so traurigen Namen, dass man ihn in ihrer Gegenwart nicht aussprach. Aber er umhüllte ihren Leib mit einem unsichtbaren Schleier; sie war bereits dabei, sich zu entfernen.

Wie froh war sie, als die ersten skandinavischen Maler nach Grez kamen! Ich glaube, im Sommer 1883 war sie zum letzten Mal wirklich glücklich. Nordström, Krohg und die Larssons hatten unvermittelt an den Ufern des Loing Einzug gehalten mit all ihrer strahlenden Jugend, ihrem Lachen, ihrer Ausgelassenheit – und mit ihren verborgenen Träumen, die in ihren Blicken als ein gesteigertes Lebensgefühl aufschimmerten, das sie irgendwann erlangen würden, dessen waren sie gewiss. Als Einzige im Dorf sprach meine Mutter ihre Sprachen, im Gespräch mit ihr konnten sie ihr kehliges Französisch ablegen, mit dem sie sich radebrechend, wenn auch immer geschickter behalfen. Sie kamen uns zu Hause besuchen, aßen Kirschen und wischten den Staub von dem Klavier, an dem seit Großmutters Tod niemand mehr gesessen hatte. Aber öfter noch gingen wir zu ihnen ins Hotel Chevillon, wo die Abendgesellschaften nachts bereits immer häufiger in Feste ausarteten, in improvisierte Kostümbälle, und alle glücklich auf der Terrasse standen und sangen, die Gläser in der Hand.

Mein Vater fand diese Leute ein bisschen verrückt; sicher war er eifersüchtig auf die Leichtigkeit, mit der sie einen Tag zum Funkeln bringen konnten. Aber er kam mit zu ihnen, denn er begeisterte sich für ihre Malerei. Ich glaube heute, er fand darin etwas, das er selber nicht erlangen konnte: eine Note zarten Humors, jene Phantasie, dank deren Carl Larsson oder Christian Krohg es wagten, das wirkliche Leben zu malen; sie fürchteten nicht, dicke Kürbisse könnten eine Landschaft entwerten oder eine besonnte Uferszene am Fluss könnte leiden durch ein lachendes Kind, das nackt und mit wild schlenkernden Gliedmaßen ins Wasser springt.

Und ich ... Ich wusste nicht, dass wie in einem Vorgriff schon in diesem Moment mein ganzes Leben enthalten war, die Unfähigkeit, ein Fest anzuzetteln und wieder zu beenden, auf dem Fluss zu paddeln und die Frische des Wassers zu malen, vom Glück zu träumen und wirklich glücklich zu sein. An jenem Juniabend 1884 war ich achtzehn Jahre alt, meine Mutter war vor zwei Monaten gestorben.

Es war ein Anfang, damals. Jetzt ist Karins Brief auf meinem Schreibtisch liegen geblieben, wie ein Gewissensbiss, wie eine Chance. Vielleicht könnten Worte, nach all der Zeit ... Es gibt da mehr zu erzählen als nur meine eigene Geschichte. Dieser Brief in Karins kleiner, runder Handschrift sagt mir, dass ich eine Welt in mir trage, die nicht mehr nur mir allein gehört. Ich denke daran, wie traurig Karin war in dem Haus in der Sonne in Sundborn. Ich denke an Søren Krøyer, ich denke an Carl Larsson. An den Mann aus Skagen und den Mann aus Sundborn. Der eine verlangte das Glück, der andere glaubte ans Glück. Ich höre sie noch im Ruderboot lachen, dann stehen sie auf, der eine dunkel, der andere weiß. Und ich denke an Julia.

Grez, Juli 1884

Alles von jenem Tag ist mir noch gegenwärtig. Dennoch sehe ich ihn wie verschwommen, nebelhaft hinter weißem Staub und Sonnenlicht. Ich war schon immer gern mit dem Pferdewagen vom alten Père Fanchard gefahren. Éponine, die betagte Apfelschimmelstute, trottete fröhlich die Landstraße nach Nemours entlang. Es war ein warmer Sonntag früh im Juli, und der leichte Fahrtwind trug zu dem Vergnügen bei, mit dem ich Bäume und Felder tanzen sah; das Halfter klingelte hell, der Karren knarrte auf vertraute Weise. Kein Mensch auf den Weizenfeldern. Wie ein Eroberer hielt ich die Zügel und träumte mich als ein anderer wie in jenen phantasievollen Kinderspielen, in denen das Abenteuer umso schöner ist, wenn es eine Möglichkeit bleibt: «Wenn du . . . wärst.» Mein ganzer Kummer verflog in dieser naiven Träumerei und im reinen Genuss des Augenblicks. Ich ging ganz auf in diesem Phantasieritt und dem etwas abgestandenen Duft der Pappeln, die die helle Landstraße säumten.

Ein neuer Gast im Hotel Chevillon! Karin Larssons

junge Freundin wird sicher staunen, wenn der Franzose, der sie am Bahnhof abholt, korrekt Schwedisch spricht – auch dafür hatte ich die vergangenen Wochen mit Karin und Carl genutzt. Karin konnte mich nicht begleiten, denn die Geburt ihres Kindes stand kurz bevor. Sie hatte mir von Julia erzählt, ihrer besten Freundin an der Kunstakademie von Stockholm, der Begabtesten von allen. Julia kam zu dem freudigen Ereignis, aber auch, um zu malen, hier im Licht der Île-de-France. Malen. Das schien ganz selbstverständlich zu sein. Alle konnten sie malen, wollten malen ... Ich hatte diese seltsame Obsession erst nur von meinem Vater gekannt, dieses dumpfe, geheimnisvolle Wollen, das ihn von mir entfernte, weil ich ein Teil seines Lebens war und sein Leben ihm nicht genügte. Im Hotel Chevillon war das etwas ganz anderes. Staffeleien, Leinwände, Pinsel, Farbtuben und Paletten wirkten ebenso natürlich wie die Geste, mit der ein Bauer zum Mittagessen sein Taschenmesser hervorzieht. Nordström, Krohg, Karin und Carl malten draußen, vor aller Augen, zu jeder Zeit, so selbstverständlich, wie man spricht oder atmet. Søren Krøyer, der letzte Ankömmling, hatte dieses Bedürfnis, alles zu erfassen, alles zu zeigen, bis fast zum Rausch gesteigert. Natürlich, sie waren ja auch Maler. Aber was hieß das? Woher kam dieses Bedürfnis, das neben ihre technischen Fertigkeiten trat, mit denen sie mich verblüfften? Sie waren jung, und trotzdem schien das Leben für sie nur ein Vorwand zu sein. Ich fühlte mich fremd angesichts dieses Könnens und dieses Bedürfnisses. Mein Leben ... Mein Leben lag vor mir wie diese Landstraße nach Nemours unter ihrem Staubschleier. Ich verspürte keinerlei Berufung. Ich schrieb ganz gut, hatte aber keine ausgeprägte Neigung weder zur Wissenschaft noch zur Kunst. Vor zwei Jahren hatte mein Rhetoriklehrer einige meiner Arbeiten gelobt. Mein Vater war gleich ganz hoffnungsvoll gewesen, hatte gemutmaßt, ich müsse insgeheim Gedichte schreiben oder zumindest ein Tagebuch führen. Aber es gab nichts dergleichen. Allein die Vorstellung, ich könnte in mir etwas suchen wollen, das andere mit so ungleich viel mehr Talent schon gefunden hatten, kam mir allzu kühn vor. Vielleicht könnte ich Journalist werden oder Jura studieren, denn irgendetwas musste ich ja tun. Ich würde schon auf meine Weise in der Welt zurechtkommen. Es hieß, ich sei sensibel, und in der Tat meinte ich eine starke Sensibilität zu verspüren, für das Blau an den Abenden in Grez, den herben Geruch der Wälder an den Ufern des Loing, den Geschmack der Kirschen und für jene zehrende Melancholie, zu der jetzt noch der Tod meiner Mutter kam und der erdrückende Gedanke, dass ich meinem Leben einen Sinn verleihen musste. Aber ich hatte der Welt nichts zu geben, hatte nichts zu sagen, und meine Freunde in Grez wussten nicht, dass mir ihre Freundschaft zwar lieb und wert war, ihr Talent mich aber schmerzte.

In meiner Gedankenverlorenheit hatte ich offenbar die Zügel schleifen und Éponine in ihrem eigenen Tempo traben lassen. Als ich den kleinen lindenumstandenen Platz des Bahnhofs von Nemours erreichte, war der Zug aus Paris schon längere Zeit wieder weg. Keine angespannten Wagen mehr im Schatten, keine Leute auf den Bahnsteigen. Nur eine einzelne Gestalt stand in der Sonne und wartete, das marineblaue Kleid eng an der Taille anliegend, langes, offen fließendes rotes Haar. Eine große Reisetasche zu ihren Füßen, an den Beinen lehnte eine Zeichenmappe. Ich sehe sie vor mir, feierlich von der Symmetrie der Linden gerahmt, den Bahnhof im Hintergrund, in der tiefen nachmittäglichen Stille. Ich hatte mir vorgestellt, dass mir die ersten Worte im kindlich-fröhlichen Bahnhofsgetümmel leicht fallen würden, hatte erwartet, ein Satz auf Schwedisch würde sie erstaunen. Aber jetzt war es sehr viel schwieriger. Kein Geräusch außer Éponines langsamen Schritten auf dem Pflaster, dann bleibt das Pferd stehen. Julias Augen sind von sehr hellem Grün an jenem Tag – ich erinnere mich genau an diesen ersten Blick; später sollte mir die Tönung ihrer Augen immer anders, immer neu vorkommen, bald golden, bald dunkelgrün. Ihr Lächeln glitzert ein winziges bisschen ironisch. Ich finde sie viel zu schön.

«Mademoiselle Julia Lundgren? Ich bin Ulrik Tercier. Karin und Carl haben mir –»

«Karin hat mir in ihrem letzten Brief von Ihnen geschrieben», unterbrach sie mich auf Französisch, mit tiefer, selbstsicherer Stimme, so gut wie akzentfrei.

Sofort kam ich mir lächerlich vor. Mit wie viel fieberhaftem Diensteifer lud ich ihr Gepäck auf – den Zeichenkarton behielt sie lieber auf dem Schoß. Wie ungeschickt half ich ihr auf die Bank hoch! Ich wollte mich neben sie setzen, glitt aus, sie hielt mich mit einem kleinen Auflachen am Ärmel fest, ich wäre fast gestorben. Wie lang kam mir der Rückweg vor! Das Schweigen zwischen zwei kurzen Versuchen eines Gesprächs schien mir unerträglich peinlich – der Wind in den Pappeln vermochte daran nichts zu ändern. Nach ein paar banalen Fragen schwieg ich lieber und ertrug meine Niederlage still leidend, besser so, als dass ich mich noch weiter zum Gespött machte. Julia war nur zwei Jahre älter als ich. Wegen ihres offiziellen Status als Karins Freundin hatte ich sie mir ganz anders vorgestellt, vielleicht, weil die mütterliche Sanftheit von Larssons Frau schon deren Jugend vergessen ließ.

«Woher haben Sie Ihren skandinavischen Vornamen, Ulrik?»

Ich schluckte, nahm für meine Antwort alle Selbstsicherheit zusammen. Glücklicherweise boten mir die Zügel einen Vorwand, sie nicht anzusehen. Alles in allem war sie nicht unfreundlich, gewiss lange nicht so durchtrieben wie meine Cousinen, aber dennoch war an jeder ihrer Bewegungen, jeder Modulation ihrer Stimme etwas Ungestümes, Barsches.

Als wir in Grez angelangt waren und ich den Wagen in der Scheune des Père Fanchard eingestellt hatte, konnte ich sie endlich in Ruhe ansehen. Nach der ersten überschwänglichen Begrüßung ging sie von Karin zu Strindberg, von Christian Krohg zu Nordström, mit einer kameradschaftlichen Freude, die ihre wilde, freie Schönheit nur umso besser zur Geltung brachte. Manchmal hielt sie beim Reden inne, um kurz zur Brücke, zum Fluss zu sehen oder tief durchzuatmen und den Blick in den Lindenzweigen verweilen zu lassen. Einer jener späten Sommernachmittage, an denen die sich neigende Sonne in sämtlichen Farbtönen von Honig, Bier, Verveine spielt. Ein kaum sichtbarer Dunst stieg vom Loing herauf, vielleicht war es auch nur Staub, der da im sanften Licht tanzte. Ich lehnte an einem Pfeiler der Markise und sah zu, wie sie alle miteinander langsam zum Wasser hinabgingen – als würden die sich kreuzenden Fäden ihres Gesprächs sie dorthin ziehen, wo es etwas kühler war.

Hinten im Garten des Hotels Chevillon herrschte so ein Dickicht! Ich folgte Julias Blicken und versuchte, gemeinsam mit ihr das Laub der Linden und der hohen Kastanien zu überschauen, die krumme Weide, die sich über den Loing neigte, die Schwimmbrücke mit ihren losen Planken, die durcheinander angeketteten Boote. Larssons Geplauder war bis zu mir zu hören:

«Meine liebe Julia, gewähren Sie mir die Ehre, Ihnen unsere Gartenterrasse vorzustellen!»

Carls Tonfall, der ironische Jubel, mit dem er diese Worte färbte! Julia ging zwischen den kleinen Kaffeehaustischen hindurch, den schmalbeinigen, dunkelgrün gestrichenen Stühlen.

Larssons gemütlicher Tonfall hinderte sie sicher nicht daran, den Duft des Wassers wahrzunehmen, schäumend von der nahen Brücke, schlammiger zum Ufer hin, dazu der Laubschatten und wilde Minze. Und die Verlockung des Wassers zu einer Bootstour, zu einer leichten Liebelei auf dem Fluss oder auch zu einem Gericht frittierter Gründlinge abends auf der Terrasse.

Diesen Abend, sein so leichtes, so anmutiges Bild, trage ich in mir. Aber ich töne es seltsamerweise auch ein wenig schwermütig, vielleicht einfach, weil ich traurig bin, so fern von alldem, fern all derer, die dort am Ufer des Loing lachen und dieses Bild nicht malen werden: Julia auf der Gartenterrasse.

Carl Larsson gab den Farbton der Tage vor. Woher nahm er nur diese Freude, diese Lust, jeden Augenblick zu formen? Die Kinder umringten ihn, warteten auf ein Signal zum Verkleiden, zu einem bengalischen Feuer, einer Partie Versteckspiel oder Blindekuh. Manchmal kullerte er mit ihnen im Gras herum. Camille und Guillaume, Léonies Großneffen, kitzelten ihn mit einem Grashalm in der Nase. Nach großem Gelächter sanken sie schließlich neben ihm in die Wiese und legten ihm die Köpfe auf die Brust.

Ja, Carl Larsson war der König von Grez, und alle spürten genau, dass dieses leichte Leben ohne ihn nicht hätte sein können. Einzig Søren Krøyer hatte ein ähnliches Talent zum Glücksbringer, aber er war nur auf der Durchreise hier, um Carl zu sehen. Jeden Tag wurde das Hotel Chevillon noch etwas deutlicher zu Larssons Königreich, ja der Sommer selbst schien sich seiner Macht unterzuordnen. Er verfügte über eine derartige Ausstrahlung, dass jeder Ort, an dem er war, von Grund auf verwandelt wurde. An seiner Autorität als Maler allein konnte es nicht liegen. Irgendwelche Dekrete erließ Carl ebenso wenig wie all seine Freunde hier, und jeder wusste, dass seinem Erfolg kürzlich auf dem Salon in Paris zwei Jahre voll Niederlagen und fruchtloser Anstrengungen vorausgegangen waren. Nein, es lag eher an seiner Art insgesamt, auch daran, wie Karin und er als Paar auftraten. Dabei waren beide allen anderen sehr nah, zugetan und voll schlichter Freundschaftlichkeit. Trotzdem, sie konnten nichts dagegen tun: Ihre Sonne sorgte auch für Schatten.

Lag es an Julias Ankunft, dass alles anders wurde? Ich weiß es nicht. Vielleicht waren die Dinge ohnehin an einem so fraglichen Punkt angelangt, dass beim leisesten Hauch alles einstürzen konnte.

An jenem Morgen war ich sehr früh ins Hotel Chevillon gekommen. Noch lag etwas Kühle in der dunstigen Luft, doch sie war wie bereits verloren, kostbar, so, wie man es von glühenden Hochsommertagen kennt. Die Stockmalven an den niedrigen Mauern des Dorfes verblassten bereits, begannen sich von Granatrot zu Rosa zu entfärben. Man sprach über die Ernte, und ich spürte zum ersten Mal, wie mir der Sommer zwischen den Fingern zerrann. Doch das leise Quietschen des rostigen Eingangstors war dasselbe wie stets, und man musste sich wie immer leicht unter dem rosenberankten Bogen neigen, um darunter hindurchzugehen. Die Hintergrundgeräusche vor allem waren die altvertrauten. Die diskrete, fließende Begleitmusik des Wassers, der Gesang der Vögel. Ich ging zum Steg. Ganz an dessen Ende unter den Planken hatte ein Paar Bachstelzen sein Nest gebaut, und im Frühling mochte es dort auch ungestört gewesen sein. Jetzt, nach Ankunft der lebhaften skandinavischen Kolonie, war ihr Traum zum Albtraum geworden. Erst hatten die beiden Vögel eine Zeit lang verzweifelt die Köpfe der

Hotelgäste umflattert, um sich dann gar nicht mehr zu zeigen. Ich dachte, das Nest sei verlassen, doch da tauchten die beiden Wippsterze doch noch auf. Abwechselnd hüpften Männchen und Weibchen zum Wasser und tauchten den Wurm, den sie gerade gefangen hatten, hinein. Dann warteten sie voll unnötiger Angst – und das war der anmutigste Moment dieser kleinen Szene –, um nach einigen Sekunden ihrer Brut die Beute zu bringen.

Ich hatte Karin und Julia nicht gehört. Als ich mich umdrehte, kauerten beide neben mir und beobachteten gemeinsam mit mir die Vögel, und Julia legte einen Finger auf ihre Lippen.

Mit dem schwarzen Tuch über dem weißen Oberteil ihres Kleides und dem flammend roten Haar, das gelöst über ihre Schultern floss, fand ich sie schöner denn je. Die Natürlichkeit, mit der sie in die Wirklichkeit ihrer Mitmenschen eintrat, ohne irgend zu stören, verlieh ihr zusätzlichen Charme. Karin lächelte hinter ihrer Schulter hervor. So verfolgten wir lange das Treiben der Vögel. In der unberechtigten Sorge der Bachstelzen verbarg sich etwas, eine Nachricht, die uns galt, ganz gewiss, auch wenn jedes von uns sie anders las. Das Morgengrauen schimmerte noch ein wenig über dem Fluss und unser stummes Einverständnis tat so wohl. Hinter uns erwachte langsam das Hotel. Léonie füllte eine Wasserkanne an der Pumpe, Monsieur Chevillon pflückte im Gemüsegarten Erdbeeren.

Ich glaube, Karin war es, die eine Bootsfahrt vorschlug. Natürlich löste ich gleich die Kette und griff nach den Rudern. Karin und Julia scherzten angesichts meiner ritterlichen Diensteifrigkeit; ihr Humor war nicht verletzend wie der meiner Cousinen, sondern wirkte wie ein schamhaft zärtlicher Schleier, der die Konventionen umhüllte. Die Minuten darauf waren wie erhellt, frei von jeder Befangenheit. Alle Vorzeichen eines langen Hitzetages waren zugegen, aber im Kielwasser des Bootes war die Morgenfrische noch zu spüren. Stromabwärts hinter der Brücke reihten sich einige Waschhäuser. Eine Bäuerin klopfte ihre Wäsche, holte weit mit dem Schlegel aus; das Wasser vor ihr wölkte blau. Die Hände in die Seiten gestemmt, richtete sie sich auf, um uns zu grüßen und Atem zu schöpfen. Ein Stück weiter saß ein Angler und hatte für uns nur ein vorwurfsvolles Grummeln übrig. Danach war keine Menschenseele mehr an den Ufern zu sehen.

Am Wald entlang, unter den Weidenbogen, wirkte der Fluss geheimnisvoll, fast tropisch. Ich konzentrierte mich auf die Ruder und brauchte mich nicht am Gespräch zu beteiligen. Zwischen zwei Ruderschlägen hob ich den Kopf und betrachtete die Silhouetten der beiden Frauen, die sich hinten im Boot aneinander duckten. Karin in einem der langen blauen Schürzenkleider, die ihre bevorstehende Mutterschaft so sanft unterstrichen, Julia erst noch stärker zusammengekauert, dann aber bald mit lebhaft ihre Worte begleitenden Gesten. Sie sprach über den Morgen, darüber, dass man bald an dieselben Orte zurückkommen müsse, um die Wäscherin und das bläuliche Wasser zu malen, sie sprach von Søren Krøyers bevorstehender Abreise und dem Hecht, den Monsieur Chevillon für das Abendessen zubereiten wollte. Kleine, unwesentliche Sätze, als sollten sie nur das Plätschern der Ruder begleiten.

Als wir aus dem Wald hinausfuhren, wurde es länger

ganz still, vielleicht bis auf einige wohlige Seufzer; dann kam nach und nach jene fast greifbare Gespanntheit auf, die vor wichtigen, schwierigen Mitteilungen herrscht. Schließlich setzt Julia an:

«Karin, deine letzten Bilder gefallen mir so sehr. Du schaffst es mindestens genauso gut wie Carl, dieses immer etwas verhaltene, changierende französische Licht einzufangen . . .»

Und da Julia zu zögern scheint, kommt Karin ihr zu Hilfe und wendet den Kopf zu einem Weizenfeld, das gerade an uns vorüberzieht:

«Und jetzt fragst du mich gleich, warum ich meine Malerei der Welt vorenthalte, warum man seit zwei Jahren weder in Paris noch in Stockholm ein Bild von Karin Larsson gesehen hat?»

Julia nickt; Karin braucht es nicht zu sehen, sie spricht weiter:

«Du weißt doch, Julia, wie wichtig die Malerei immer noch für mich ist. Aber all das Drumherum, all die Türen, an die man klopfen muss, all die Leute, mit denen man sich gut stellen muss, all diese wichtigen und oft genug ungebildeten Herren, um die man werben, die man umschwänzeln muss, um an irgendeiner Ausstellung teilzunehmen . . . Selbst Carl hat das Ganze mehr Mühe gekostet, als du denkst. Für diesen einen, einzelnen Erfolg hat er sich in der letzten Zeit derartig abmühen und erschöpfen müssen! Du siehst nur den fröhlichen Carl, der ein Fest nach dem anderen veranstaltet, aber ich kenne auch noch einen anderen, der öfter an sich zweifelt, als er müsste.»

Zwar hat Julia geschwiegen, wie niedergeschlagen, den Kopf zwischen den Händen, doch jetzt platzt sie umso heftiger, ja wütender heraus, und ihre erregte Stimme hallt seltsam über das friedliche Wasser des Loing:

«‹Du weißt doch, wie wichtig die Malerei immer noch für mich ist›», äfft sie Karins Stimme nach, allerdings fast schreiend. «Wie kannst du nur so reden? Karin, denk doch an Stockholm, an alles, was wir einander versprochen hatten! Die Kunst ist mehr als ein jämmerlicher kleiner Teil unseres Lebens. Sie ist unser ganzes Leben! Wir stehen erst am Anfang eines langen Weges, und du sprichst schon wie diese Bürgertöchter, die herumaquarellieren und dabei auf eine gute Partie warten.»

Julia ist aufgestanden, und das Ruderboot schwankt bedrohlich. Sie setzt sich Karin gegenüber, nimmt ihre Hände und spricht weiter, jetzt ruhiger, aber immer noch ebenso bestimmt:

«Du darfst nicht so reden, Karin. Erinnere dich doch. Wir wollten die Ersten sein, die nicht in die Falle gehen. Der Kampf, den wir begonnen haben, ist auch ein Kampf für alle anderen Frauen.»

Karins Gesicht ist mir durch Julias Rücken verborgen, aber ich habe sie nie mit so viel Gewissenheit reden gehört:

«Du darfst auch nicht so reden, Julia. Ich bin nicht in eine Falle gegangen. Ich liebe Carl, und die Liebe ist das vollkommene Gegenteil einer Falle. Mein Leben besteht aus meiner Malerei, aber auch aus seiner Malerei und bald auch aus dem Leben unseres Kindes, unserer Kinder. Unser Leben wird nichts Bürgerliches an sich haben. Es wird ein Leben für die Malerei sein. Ein erfülltes Leben, das uns beiden erlauben wird zu malen. Schau mich nicht so mitleidig an, Julia! Ich brauche kein Mitleid. Was hast du denn schon mehr getan als ich die letzten beiden Jahre?»

«Du weißt genau, dass ich erst ausstellen werde, wenn ich wirklich gefunden habe, was ich suche!», fällt Julia ein. «Ich suche und suche und wundere mich ein bisschen, dass offenbar alle um mich herum gefunden haben, was sie suchten . . .»

Jetzt schweigen sie. Um sie abzulenken, leite ich eine Wende ein. Der Dunst hat sich gelichtet. Die Sonne scheint durch den Wald, immer noch bleich, das Licht regnet auf uns herab wie durch die Bretter eines Fensterladens. Jetzt hat sich Julia unvermittelt wieder neben Karin gesetzt, und beide drängen sich aneinander, ohne ein weiteres Wort zu sagen. Der Angler sitzt immer noch an seinem Platz, aber die Wäscherin hat ihren Posten verlassen, die Wolke Wäscheblau hat sich im Fluss verteilt. Die Äste schlagen unter dem Brückenbogen widerhallend aneinander. Die Bachstelzen beim Ponton sind fort. Am Ufer sitzen Carl und Søren und trinken schweigend ihren Kaffee.

Zigarren, wollüstig in kleinen Zügen gepafft, öfter noch Pfeifen mit dem ganzen vorbereitenden Zeremoniell – mit gemächlichen Bewegungen in aller Ruhe geöffnete, dann wieder verschlossene Tabakbeutel, die zurückgelehnten Köpfe und beim Anrauchen schnappend wie Fischmäuler. Ungezählte Tassen Tee oder Kaffee, die den Tag über geleert wurden, allerorten, im Gras sitzend, beim Billardtisch oder im Frühstückszimmer. Kleine Gläser Birnenschnaps oder Brombeerlikör, unterm Sternenhimmel, am Fluss. Genussreiche Augenblicke nach der Arbeit an einem Gemälde oder auch einfach so, köstliche Pausen im Gespinst der Zeit, ohne falsche Bescheidung. Momente auch, um gemeinsam zu schweigen, das Trinken als Alibi, um die anderen nicht mit klugen Sätzen zu stören oder mit unklugen zu belästigen. Das Leben in Grez wurde stetig mit derlei kleinen Zeitblasen aus purer Muße rhythmisiert, in denen jeder sich ganz auf sich selbst zurückziehen konnte, in Gesellschaft der anderen. Mir schien es, als würden diese Augenblicke ab Mitte Juli noch zahlreicher als zuvor, so, als müsste man etwas beschwören. Die Maler malten fleißiger denn je, als wäre das Licht von Grez bedroht. Nachdem August

Strindberg in einem Artikel für die schwedische Zeitschrift *Svea* begründet hatte, warum Carl Larsson sich in Frankreich aufhielt, begann er mit der Arbeit an einem Text über die französischen Bauern; unser Dorf trat darin als Modell des Landlebens par excellence auf. Mein Vater verließ immer öfter seine Praxis zu Gunsten des turbulenten Lebens im Hotel Chevillon.

Dann kam jener eine Abend, der für mein ganzes Leben Folgen haben sollte. Es war schon seit geraumer Zeit dunkel, wir waren alle beieinander am Ufer des Flusses. Nach dem Dessert – Madame Chevillon hatte Schnee-Eier gemacht – waren wir von der Gartenterrasse noch näher zum Wasser gezogen, die einen mit Stühlen, andere hatten Chaiselonguen mitgenommen. Die meisten Männer hatten sich aber lieber direkt ins Gras gelegt, so auch Julia.

«Ist Ihnen aufgefallen, dass die Tage schon kürzer werden?»

Krohgs Bemerkung rief ein vorwurfsvolles Murmeln hervor. Karin erinnerte an die Feuerzangenbowle; die war seit einigen Tagen in Mode bei uns. Als Monsieur Chevillon das Getränk zum ersten Mal anbot, war es ohne Begeisterung aufgenommen worden. Man hatte nur eben daran genippt, hatte voller Vorbehalte gekostet: Mitten im Sommer etwas Heißes? Und dann hatten wir alle dieses wärmende Gebräu, das den ganzen Körper wohlig durchströmte, auf eine Weise so gesellig gefunden, und Karin hatte sich zur Hohepriesterin des neuen Rituals gemacht.

Wenn der Wein in dem bauchigen Kupfertopf zum Sieden kam, rief sie die Hotelgäste zusammen und löschte die Lampen. Sie hielt ein Streichholz an den

Zuckerhut und schon knisterte ein wahrer Sturm blauer Flammen auf, bis fast zur Küchendecke. Wir schauten, riefen, schwiegen. Dann ging jeder mit kleinen, vorsichtigen Schritten wieder zum Loing hinunter, eine Schale voll flüssiger Lava in den Händen.

Das Aroma des Punsches war schon am Verblassen, als Carls Stimme durch die Dunkelheit drang:

«Also Sie wollen uns wirklich verlassen, Søren? Der Champion der Regatten von Grez-sur-Loing?»

Ich erinnere mich kurioserweise genau an den Tonfall, in dem Larsson das sagte. In der koketten Scherzhaftigkeit schwang echte Wehmut mit, als wüsste er schon, dass sich ihre Wege für immer trennen würden.

«Ja», meinte Krøyer, «Skagen wartet auf mich. Dort oben, ganz am Nordende von Jütland, ist der Sommer Ende August vorüber. Wenn ich jetzt nicht hinfahre –»

«Und Sie reisen mit, Christian?», unterbrach Karin, zu Krohg gewandt. «Der reinste Deserteur!»

«‹Skagen wartet auf mich›», wiederholte Carl Krøyers Worte. «Wir wussten gar nicht, dass Sie so an einem Ort hängen, Søren, schließlich reisen Sie seit Jahren kreuz und quer durch Europa. Mögen Sie denn den Punsch hier im Hotel Chevillon nicht mehr?»

«Der Punsch ist perfekt, ganz zu schweigen von allem anderen! Aber es ist Zeit für mich, dorthin zurückzukehren.»

«Erzählen Sie uns doch von Skagen!», bat Julia, die den ganzen Abend noch nichts gesagt hatte. «Der Name fällt immer wieder, wenn man sich mit Ihnen unterhält, aber für uns ist es nur ein Wort.»

Und da unterbrach Krohg seine übliche Wortlosigkeit. Seine schöne, tiefe Stimme hallte ungewohnt begeistert unter den Linden:

«Skagen ist das Ende der Welt! Die letzte Stadt ganz im Norden von Dänemark, wenn man denn ein Fischerdorf mit einem Hotel und ein paar Verrückten, die sich in den Ort verliebt haben, eine Stadt nennen will. Nach Norden eine sandige Landzunge, nach Süden rechts und links je vierzig Kilometer menschenleerer Strand, niedrige Heide, oft Regen. Aber wenn die Sonne sich dann sehen lässt . . .»

«. . . dann», übernahm Krøyer, «dann gibt es dort ein Blau, das man sonst nirgends findet, auf der ganzen Welt nicht. Ich habe es letztes Jahr entdeckt, und seitdem kann ich es nicht mehr vergessen. All diese Reisen sollten nur die Rückkehr aufschieben . . . denn ich habe auch ein wenig Angst davor», fügte er leiser hinzu.

Niemand wagte die beiden zu unterbrechen. Seltsam, so unvermittelt vom Ufer des Loing an nördliche Strände zu driften. Zugleich riefen Sørens und Christians Worte das Bild meiner Mutter in mir wach, von einem geheimnisvollen Licht umgeben, in das sie mich langsam lockte. Ich sah sie zwischen zwei tosenden Meeren über einen schmalen Sandstreifen gehen, in einem langen Kleid aus einem Stoff, der bei jedem Schritt changierte.

«Außerdem», meinte Krohg mit der komisch verstellten Stimme von Schauspielern, die beiseite sprechen, «ich hätte nicht gewagt, das vor unseren Gastgebern zu erwähnen, aber Skagen hat einen Unterschlupf für Narren unserer Art zu bieten, der es durchaus mit dem Hotel Chevillon aufnehmen kann. Ich meine das

Hotel Brøndum; Wirtsleute sind die Eltern der begabten Malerin Anna Brøndum-Ancher, die dort mit ihrem Mann lebt, dem nicht minder talentierten Michael Ancher.»

«Keine Sorge, Christian, die Chevillons schlafen schon lange», sagte Julia lachend. «Ich habe viel von Anna Ancher gehört und würde sie sehr gern einmal kennen lernen.»

«Nichts leichter als das», antwortete Krohg, jetzt wieder mit natürlicher Stimme. «Für Künstler ist im Hotel Brøndum immer Platz, und Sie sind eine Künstlerin, ganz unbestreitbar, auch wenn Ihre Gemälde bisweilen etwas verwirrend sind.»

Ich war auf eine lebhafte Entgegnung Julias gefasst, doch da erklang die Stimme meines Vaters, mit einer Bestimmtheit, die er vielleicht nur jetzt im Dunkeln wagte, da alle so gemütlich beieinander saßen:

«Du solltest mitreisen, Ulrik. Du willst dich orientieren: Der Welt die Künstlerkolonie von Skagen bekannt zu machen, das ist doch ein gefundenes Fressen für einen zukünftigen Kunstkritiker!»

Verblüfft wagte ich keine Antwort. Es empörte mich fast, wie genau mein Vater meine Zukunft vor sich sah, aber diese Idee, ja der Name Skagen selbst kamen mir mit einem Mal unendlich verlockend vor.

Nie hatte Carl Larsson so lange geschwiegen. Nichts von dem Gesagten war gegen ihn gerichtet gewesen. Es war zwar völlig klar, dass Karin und er sich bald ihrem Kind widmen und im Spätsommer die Malerei ein wenig vernachlässigen würden, dennoch machte sich verlegene Stille breit, in der jeder spürte, dass sie getroffen waren. Allein der Gedanke an eine

Gemeinschaft, die sich nicht um Karin und Carl Larsson drehte! Es hatte etwas von einer Beleidigung an sich, wirkte wie ein Schlussstrich. Es war sicher so: Ihrer beider Talent, ihr Schwung, ihre Ausgelassenheit hatten das kleine Wunder des Lebens hier in Grez ermöglicht – doch dass sie bald zu dritt sein würden, entfremdete sie uns zugleich. Man lebt nicht ungestraft neben dem Glück. Man lebt nicht ungestraft im Glück. Das dachte wohl jeder von uns insgeheim in diesem Moment.

Ich erinnere mich an diesen Punsch, ich erinnere mich an dieses Schweigen.

Skagen, am 15. August 1884

Ulrik Tercier an Karin und Carl Larsson

Meine lieben beiden,

heute früh platzte ein kleiner Telegrammbote in die lärmende Gästeschar beim Morgenkaffee im Hotel Brøndum und wedelte mit Ihrer Nachricht. Lang lebe Suzanne Larsson! Christian hat sofort einen Toast ausgebracht, und ich nehme stark an, der heutige Tag wird noch mehr als einmal eine Runde erhobener Gläser sehen! Sie sehen, die Larssons sorgen auch in Skagen für fröhliche Feste.

Ich habe mich lieber in mein Zimmer zurückgezogen, um diesen Vormittag mit Ihnen zu verbringen. Ich stelle mir vor, wie Sie auf der Gartenterrasse neben der Wiege stehen. Carl traut sich noch nicht, sein Töchterlein mit ausgestreckten Armen in die Luft zu heben, aber es juckt ihn gewaltig, es zu tun. Ich freue mich, dass August und Siri Strindberg bei Ihnen sind und Ihre Freude teilen.

Ich habe Ihnen vieles zu berichten. Die Reise verlief

ohne Zwischenfälle. Einzig Julia war ein wenig seekrank, aber Søren hat sie mit Aquavit geheilt! Es war eine theatralische Szene, als wir mitsamt unserem Gepäck anlandeten ... Die Beiboote tanzten auf der tosenden See, und wir mussten durch brusttiefes Wasser waten. Eine Menschenmenge erwartete uns am Strand, wir schritten priesterhaft und tropfnass voran, die einen hielten eine Reisetasche auf dem Kopf fest, die anderen balancierten einen Koffer. Grandios! Aber die flackernden Kamine im Hotel Brøndum haben alles wieder getrocknet. Und ein fabelhafter Anekdotenstoff ist es auch.

Wie soll ich Ihnen eine Vorstellung vom Leben in Skagen geben? Lassen Sie mich bei der Umgebung beginnen. Niedrige Vegetation. Mattgrüne, fast graue Ranken, Heidekraut, blassblaue, kurzstielige Glockenblumen, wilde Rosensträucher. All das wuchert bis zum Horizont, zwischen Tannenwäldern und dem Meer, das man noch nicht sieht. Aber man hört es, donnernd und gewaltig. Über sandige Ziegenpfade kommt man hin. Allmählich weichen Ranken und Blumen grünen oder gelb gedörrten Grasbüscheln; die Halme sind biegsam wie Binsen. Der Strand ist endlos. Der Wind bläst Gischt von den Wellenkämmen und trägt sie stiebend zum Land. Der Horizont liegt hinter einem beständigen leichten Schleier aus Dunst, doch das Licht davor ist umso blendender und transparenter, rein gewaschen bis hoch in den Himmel hinauf. Der Wind, der ewige Wind, der in den Dünen geradezu aggressiv peitscht, wirkt am Strand vollkommen anders. Hier ist er wie berauschend, man fühlt sich, als flöge man mit den Möwen den Wellen zu. Man öffnet die Arme, fühlt sich frei und leicht, das Hemd flattert im Wind, nichts anderes existiert mehr daneben. Man wird ein Teil von alldem: Meer, Strand, Himmel. Man verwandelt sich dem Raum an, wird zu einer duftigen Wattewolke, die sich müßig vom Wind zerzausen lässt. Man wird zum grauen, schaumigen Saum einer lang gestreckten, flachen Welle, die sacht in kleinen Bogen auf dem glatten Sand ausläuft. Man lässt sich auftrinken von Meer, Strand und Himmel.

Zwischen Strand und Dünen herrschen wilde Rosen. Wie können sie hier nur so üppig wuchern?

Die Blüten sind fast malvenfarben, tief drinnen im Kelch ein wenig weiß; sie öffnen sich rasch der Sonne, halten dem Wind kaum stand, doch scheint ihr Schicksal sie nicht zu bekümmern, so viele andere werden nach ihnen kommen und sie ersetzen. An ihrer Stelle wachsen pralle kleine rote Früchte, wie Tomaten, gemüsehaft bescheiden unter dem Hauch der letzten Rosen, die neben ihnen erblühen. Dazu der Tannenduft, geschmeidiges Unterholz, gleich hinter den Dünen dann Tümpel mit weißen und rosa, ja mit gelben Seerosen. Die Fischerhütten sind sehr niedrig, um dem Wind keine Angriffsfläche zu bieten: weiß gekalkte Mauern, schmale horizontale Fenster mit graublau gestrichenen Läden. Niedlich ist die Sitte, die beiden höchsten Reihen der Dachziegel und am First weiß zu umranden; ganz überraschend girlandenartig wirkt das in dieser rustikalen Umgebung.

Wind, Gezeiten, sie ziehen rasch vorüber und verleihen doch allem eine Wirkung Schwindel erregender Gleichförmigkeit, die über das Land hinwegfegt, immer wieder aufs Neue. Seltsamerweise aber erlangt das

Leben der Menschen eine ganz eigene Fülle in dieser Landschaft, die so überheblich, herrisch und kalt wirkt. O ja, hier zählen die kleinen Dinge des Lebens für die Menschen!

Wenige Menschen übrigens. Trotzdem hat der Badeort einen gewissen Ruf, seit Andersen ihn entdeckt und bis Kopenhagen herumerzählt hat, Skagen sei ein Paradies. Er hatte im Hotel Brøndum übernachtet, wo auch anders, und zwar ausgerechnet genau an dem Tag, als Anna Ancher geboren wurde! Offenbar kommen in der schönen Jahreszeit recht zahlreiche Gäste her und bestaunen an der äußersten Landspitze die Begegnung beider Meere, des Kattegats und des Skagerraks. Aber die schöne Jahreszeit ist hier früh zu Ende, und Ende August ist es schon beinahe herbstlich.

Vor allem Fischer leben hier, harte Männer mit langem Bart und finsterem Blick – sie geben sich nur im Wirtshaussaal des Hotels etwas gelöster, nach ein paar Schoppen Bier, um wieder dasselbe ernste Gesicht aufzusetzen, sobald sie sich zu ihren Wohnungen aufmachen. Sie sind es, die den Rhythmus des Dorfes bestimmen. Man sieht sie herumgehen, mit ihren gewachsten runden Kopfbedeckungen, den faltigen Anglerstiefeln, ein Netz über der Schulter. Je nach Gezeiten ist der Strand leer oder mit ihren wuchtigen, auf den Sand hinaufgezogenen Booten übersät – zerbrechliche Gefährte, wenn man bedenkt, wie gewaltig die See hier sein kann!

Und dann sind da die Maler. Die meisten von ihnen wohnen im Hotel, wie Søren und Christian oder Julia. Ich habe mit einem anderen dänischen Maler Bekanntschaft geschlossen, der mit seiner Frau Martha hier wohnt. Auch ein Landsmann von Ihnen ist zurzeit hier: Oscar Björck. Anna und Michael Ancher haben kürzlich ein Haus direkt gegenüber vom Hotel erworben, aber sie sind natürlich oft hier, bei Annas Eltern. Genau wie Sie haben sie vor kurzem eine kleine Tochter bekommen, Helga. Wer weiß, vielleicht wird sie irgendwann eine Spielkameradin Ihrer Suzanne?

All diese Künstler sind leidenschaftliche Anhänger der Freiluftmalerei, so seltsam das an einem Ort scheinen mag, wo es häufig regnet. Während sie auf Sonnenschein warten, sitzen sie ungeduldig im Hotel Brøndum, und die hölzerne Wandverkleidung hallt von ihren Plänen und Einfällen wider. Wenn sie nicht das blaue Licht von Skagen malen, malen sie einander. Degn Brøndum, Annas Bruder, hat eine raffinierte Methode erdacht, die Gemälde in die Kassetten der Holzverkleidung im Speisesaal zu integrieren. Es wirkt wie ein ganz besonderer Bildteppich.

Dazu die Fischer – eine kuriose Mischung von Kunstakademie und triefenden Arbeitsleuten ist das hier, aber es scheint niemanden zu verwundern. Brit, die junge Kellnerin, wischt unterschiedslos alles weg, Farbflecken wie Meerwasserpfützen.

Liebe Karin, lieber Carl, ich mache mir ein wenig Sorgen um meinen Vater. Sein letzter Brief war so wortkarg. Sagen Sie ihm bitte nicht, dass ich die Artikelserie, die er von mir erwartet, noch nicht begonnen habe. Ich weiß auch nicht warum. Es ist einfach so. Aber ich schreibe. Ich beschreibe, was ich vor Augen habe, so, wie die anderen es malen. Ich wandere im Regen die Strände entlang. Die Wörter, die mir nach der Rückkehr zufliegen, sind ganz andere als in der Kunstkritik. Und ich kann noch überhaupt nicht absehen, in welche Richtung es mit meinem Leben geht.

Karin und Carl, könnten Sie mir doch ein wenig von Ihrer Kraft, Ihrer Sicherheit abgeben . . .

Ich umarme Sie beide,

Ulrik

Skagen, August 1884

Ein paar Schritte vor mir begegnen die Wellen des Kattegats denen des Skagerraks und kreuzen sich wild in gefährlichen Strudeln. Mit heimtückischer Wucht schlagen ihre Kämme aneinander, der Aufprall bewirkt weit schweifende gegenläufige Strömungen unter einer nur scheinbar friedsam wirkenden Oberfläche, unter der verhaltene Wut herrscht. Ein fruchtloser Kampf unter bleiernem Himmel. Das Wasser wirkt noch dunkler, es ist von einem erdigen Grau-Violett, albtraumfarben. Der schwere, laue Sommerregen mischt sich mit der kühlen Gischt. Ich stehe ganz am Ende der schmalen Sandzunge und lasse mir das Wasser ins Gesicht peitschen. Mein Gehrock ist schon seit längerem durchnässt, aber das macht mir nichts aus. Es tut wohl, allein hier zu sein, an diesem äußersten Ende, die Füße auf dem letzten Meter Dänemark.

Es kursieren die wildesten Legenden über diejenigen, die sich an diesem Ort ein paar Meter weit ins Wasser vorgewagt haben. Schon wer nur bis knapp übers Knie im Wasser stehe, werde von den widerstreitenden Wellen und Strömungen mitgerissen, heißt es. Nicht einmal im Essraum des Hotels Brøndum, wo man doch manche Aufschneiderei zu hören bekommt, würde einer der Fischer behaupten, er hätte es je gewagt, mit seinem Boot der Landzunge näher zu kommen. Niemand ist auf dem Wasser zu sehen, niemand auch, wenn ich mich umdrehe, auf dem Sand, bis zum Horizont, den Dünen. Und seltsamerweise schenkt mir diese fast feindliche Einsamkeit inneren Frieden. Ich denke an meine Mutter, als wäre sie mir näher, vertrauter denn je, nur weil ich hier auf jütischem Boden wandere; es ist, als würde es sie zufrieden stellen, dass ich hier im Sommerregen stehe.

Unwillkürlich muss ich lächeln. Ich denke ... Ich denke an nichts, ich vermenge mich mit dem grauen Licht, dem feuchten Sand, dem schläfrigen Schwindelgefühl des Tosens vor mir dort. Ich wandere vor dem Wind her. Hinten, irgendwo über Skagen, ist der Himmel schwarzviolett. Die Dächer aber bleiben unsichtbar, die Vorstellung allein, dort könnte eine Stadt liegen, wirkt unwahrscheinlich. Wehender Sand, Meer, Wind. Es ist, wie als Kind Fieber zu haben. Es geht einem zugleich schlecht und gut, man ist fortgegangen in eine irreale Umgebung, in der man verschwinden, in die man sich hineinschmiegen möchte. Ich gehe am Ufersaum entlang, der Strand will einen Bogen beginnen; doch der Sand ist zu feucht und schwer. Eine erste Düne zeichnet sich ab. Ich gehe auf sie zu, und trotz der Mühe beim Besteigen ist es angenehm, den fließenden Sand unter den Füßen zu spüren, hier zwischen den windgebeugten gelben Gräsern.

So, jetzt bin ich oben. Ich atme tief durch.

Der Horizont ist verborgen, gleichwohl herrscht ein berauschendes Gefühl von Weite über dem grollenden Meer und dem tobenden Wind. Dann senkt sich mein Blick. Ich hatte bislang die tiefe Mulde zu meinen Füßen nicht bemerkt, sanft geschwungen ist sie, und der Sand ist fast weiß in ihrem Schutz. Jemand sitzt dort unten, mit angezogenen Beinen, die Knie an den Schultern. Jemand, der mich nicht hat kommen sehen. Jemand, der den Regen sucht, sich zusammenkauert, dem Meer gegenüber, im kühlen, weißen Sand. Rotes Haar, aber es sind jetzt keine Flammen, sondern einzelne Strähnen, gekräuselt, voll Regentropfen, sie liegen über dem Kragen eines beigen Umhangs.

Nein, Julia hat nicht gespürt, dass ich hier bin. Ich sollte wohl weggehen, die Düne hinab, als hätte ich sie nicht gesehen, ich sollte mich schämen, dass ich ihren geheimen Schlupfwinkel entdeckt habe. Aber irgendetwas bewegt mich dazu, stehen zu bleiben, dieses Bild, das mir nicht gehört, in mich aufzunehmen. Wie dumm. Wenn sie sich jetzt umdreht, was soll ich dann sagen? Sie ist so freiheitsliebend, sie wird böse sein, dass ich sie aufgestöbert, ihr nachspioniert habe. Aber sie dreht sich nicht um. Ich hingegen gehe auf sie zu, kühner, als ich mich kenne, ohne einen Begrüßungssatz vorzubereiten. Ich stehe hinter ihr, ich könnte sie berühren, aber der Wind nimmt an Stärke zu, sie bleibt sitzen, den Blick in die Weite gerichtet. Ich muss mich neben sie hocken, damit sie meine Anwesenheit überhaupt bemerkt. Sie zuckt nicht erschrocken zusammen, wie es jeder sonst an ihrer Stelle getan hätte. Nur eine kurze Bewegung und dann ruht ihr ernster Blick auf mir. Unter dem grauen Himmel sind ihre Augen nicht golden, sondern von einem fast erschreckenden matten Gelb. Ich erinere mich nur allzu gut daran, wie lächerlich ich mich am Bahnhof von Nemours aufgeführt habe, und will jetzt um nichts in der Welt irgendeine verklemmte Banalität von mir geben. Das Meer braust, mir ist, als regnete es stärker als zuvor. Und dann tritt in diesen forschenden Blick, der mir eigentlich unerträglich sein müsste, nach einigen Sekunden anstelle der Überraschung eine Erwartung, anstelle der Erwartung eine Art fragiler Nähe, erstaunt, wie viele unausgesprochene Fragen es gibt. Wie auf eine wortlose Verabredung hin lösen sich unsere Blicke voneinander und wenden sich dem Meer zu. Feuchte Wolle, kalter Sand, peitschendes Gras. Mein Arm um ihre Schultern. Sie rückt nicht von mir ab. Sie lehnt sich nicht an mich. Lärm, Stille.

Skagen, 20. August 1884

«Da ist sie! Sie ist wieder da! Aufgestanden, Freunde! Langschläferei ist heute eine Sünde!»

Die Wänder erzitterten unter Søren Krøyers Stimme. Er eilte von Tür zu Tür, donnerte mit den Fäusten dagegen, ihm antworteten wütendes Gegrummel, schlafseliges Gähnen. Ich machte meine Tür einen Spalt weit auf und sah im Flur die strubbelhaarige Gestalt von Christian Krohg im Nachthemd:

«Verfluchter Däne! Wer ist zurück, dass du so unverschämt herumtrompetest?»

«Wer schon! Wir haben ja gar nicht mehr gehofft, sie wiederzusehen! Schau doch!», rief Søren, griff seinen Freund bei den Schultern und öffnete weit ein Fenster. «Die Sonne, mein lieber Christian. Die Sonne ist nach Skagen zurückgekehrt und erwartet, dass sie gebührend gefeiert werde!»

Im Handumdrehen herrschte im Hotel Brøndum fröhliches Getümmel. Hastig zog man sich an, polterte die Treppen herunter, trank rasch eine Tasse Kaffee. Wie im Traum waren wir auf einmal alle miteinander auf der Straße, dem Markvej, lachend und singend. Søren und Christian, Viggo und Martha Johansen, Oscar Björck, Julia und ich: Es schien ausgemacht, dass wir zusammenbleiben würden für ein Zeremoniell, das sich von selbst verstand. Bei den Anchers wartete Michael schon auf uns, lächelnd auf den Stufen seines neuen Hauses:

«Anna stillt noch Helga fertig, dann kommen wir mit euch, Freunde!»

Und um drei weitere Mitglieder erweitert, brach der kleine Trupp zum Strand auf. Helga klammerte sich an die Kordjacke ihres Vaters. Aus der Kirche waren einige Phrasen Bach-Musik zu hören. Søren eilte hinein und zerrte Helene Christensen, die verblüfft-entzückte Organistin, am Arm heraus:

«Kommen Sie, Helene», redete er auf sie ein, «heute wird die Gottesfreude unter freiem Himmel gefeiert! Bach will, dass wir seine Musik der Sonne darbieten!»

Und er stimmte den Choral *Jesus meine Freude* an; wir anderen fielen ein. Er ging rückwärts vor uns her und mimte mit komischer Übertreibung die Bewegungen eines Dirigenten. Mit seinem weißen Leinenanzug, den ebenfalls weißen, großen Hut schief auf dem Kopf, den kleinen Kneifer auf der Nasenspitze, sah er zugleich aus wie ein feiner Herr und wie ein Clown. Die Frauen waren schön in ihren langen, im Wind wehenden Kleidern. Anna Ancher mit ihrem stillen, ernsten Lächeln ganz in Weiß – sogar die stark gebogene Nase stand ihr gut, verlieh ihrem Profil eine ruhige Würde. Helene Christensen trug ein fein gestreiftes Kleid, violett und dunkelblau. Die Hübschesten aber waren unbestreitbar Martha Johansen und Julia. Martha mit ihren hohen Wangenknochen, dem Eichhörnchenblick und dem leichten Überbiss, so schlank in einem petrol- und bordeauxfarbenen weiten Schottenrock und einer dunklen Bluse mit leuchtend weißem Kragen. Schließlich Julia in jenem dunkelgrünen Kleid, das so gut zu ihrem blassen Teint und dem roten Haar passte. Sie trug als Einzige das Haar nicht in einem Knoten, sondern offen, und ich suchte vergeblich ihren unverrückbar festen Blick.

Seit dem Regentag in den Dünen hatte sich unser Verhältnis in einer seltsamen Richtung entwickelt. Ohne Mühe konnten wir über Banalitäten reden oder saßen bei den lärmigen Abendessen im Hotel ungezwungen nebeneinander. Doch manchmal, wenn wir uns von voneinander entfernten, kreuzten sich am Ende unsere Blicke, blieben aneinander hängen, fragend, schmerzlich-süß. Eine zarte Verbindung, die es vielleicht gar nicht wirklich gab, die für mich aber bald das Kostbarste war, das ich auf der Welt hatte.

Der erste wahre Sonnenschein am Strand von Skagen – ich sehe ihn immer noch vor mir. Welch ein blendendes Licht auf einmal, als wir die Dünen erklommen hatten! Christian Krohg lief wie besessen los, schrille Schreie ausstoßend, er schleuderte seine Sandalen fort, ein Stück weiter die Hose, dann das Hemd. Schließlich war er nackt und stürmte ins Wasser, begleitet von Hurrarufen und den letzten Choralzeilen. Ich war zurückgeblieben und konnte mich nicht vom Anblick dieser neuen Landschaft losreißen, die so gar nichts mehr zu tun hatte mit dem dramatischen Skagen der Regentage. Das Meer glitzerte blendend mit

Myriaden Sonnenfunken, es war derart hell, fast vergissmeinnicht-hellblau, ein fragiler Farbton, der vollendet zum nun eierschalweiß wirkenden Sand passte. Der Wind wehte immer noch, aber er war nur noch reiner Rausch, fliegender Übermut. Jetzt begriff auch ich, ich, der ich mich seit meiner Ankunft in Jütland oft gefragt hatte, wie Krøyer und Krohg die besonnten Ufer des Loing hierfür hatten verlassen können, jetzt begriff ich mit einem Mal. Die Sonne in Skagen, das Licht in Skagen waren mehr als nur Licht und Sonne. Sie enthielten auch das lange Warten, das Bewusstsein, dass sie vielleicht nicht lange dauern würden. Dieses milchige Blau, dieses nur ganz leicht getönte Weiß funkelten mit geheimnisvoller Intensität, man fürchtete, ein einfacher Hauch könnte sie fortwehen.

Nun saßen alle im Sand, jeder ein gutes Stück vom nächsten Nachbarn entfernt. Gemeinsam und allein. Schweigend betrachtete man die Sonne aus halb geschlossenen Augen. Ich weiß nicht, wie lange wir so verharrten. Es war zu dieser unbestimmten Zeit am Vormittag, wenn man nicht genau weiß, ist es noch zehn Uhr oder schon elf. Etwas liegt in der Luft, das einem sagt, man hat Zeit, die Zeit zu trinken. Die Wellen schwappten still an den Strand, das Kreischen der Möwen bildete einen Kontrapunkt zu der friedlichen Stille, die sich uns darbot. Die kleine Helga schlief, in Annas Rock geborgen, fast nur die blonden Löckchen waren von ihr zu sehen.

«Heute Abend essen wir im Garten.»

Ganz leise sagte Anna Ancher das, um ihr Töchterchen nicht zu wecken, aber alle hörten es und freuten sich, denn die Anchers waren warmherzige Gastgeber.

«Ich glaube, das ist sogar die passende Gelegenheit, um ein paar Flaschen französischen Champagner aus dem Keller zu holen!» Michael Ancher strich sich den blonden Bart.

Etliche anerkennende Pfiffe waren das Echo auf diese großzügige Ankündigung.

«Also, Freunde», warf Oscar Björck ein, dessen Glatze bereits bonbonrosa schimmerte, «vielleicht sollten wir uns diese Wohltaten ja noch mit ein wenig Arbeit verdienen!»

«Wohl gesprochen, Björck!», kommentierte Søren. Er hielt Helene Christensen keck umschlungen, und sie versuchte, sich loszuwinden, mit feuerroten Wangen.

«Niemand soll sagen können, die Gemeinschaft von Skagen hätte Apollos Wagen vergeblich erfleht!», bestätigte Christian Krohg und schüttelte den Sand aus seinen Sandalen.

Der Nachmittag sah also eine hübsche kleine Schar von Staffeleien und weißen Leinwänden am Strand. Die Dörfler kamen den Bitten der Künstler um Mitwirkung geduldig und etwas amüsiert nach. Michael Ancher hatte zwei Fischer neben ihr Boot gestellt, und die beiden Männer, zugleich geschmeichelt und verlegen ob dieses ungewohnten Stillstehens, verließen ihren Posten zu jeder sich bietenden Gelegenheit, um besorgt nach der Skizze zu schauen.

Man hatte die meisten Boote auf den Strand gezogen; die Kinder legten ihre Kleidung hinein und gingen baden. Krøyer hatte zunächst eine fröhliche Szene skizziert, nackte Kinder, die fröstelnd ins immer noch kalte Wasser schritten. Dann hatte er dieses Projekt nicht weiter verfolgt und sich stattdessen einem kleinen Mädchen im marineblauen Kleid und mit schwarzem Hut zugewandt:

«Willst du nicht baden?» Den Pinsel in der Hand, ging er zu ihr hin.

«Ich mag das Wasser nicht.» Die Kleine zog einen Schmollmund, ohne ihn anzusehen.

Also zog Søren mit seiner Staffelei zu ihr um und nahm eine neue Leinwand, um die anmutige Gestalt festzuhalten. Die Hände hinter dem Rücken verschränkt, den Bauch herausgestreckt, dunkel vor dem hell gleißenden Meer, verfolgte das Kind mit einer Art entschlossenem Stoizismus die Badefreuden der anderen.

Anna Ancher und Viggo Johansen hatten jeder ein Porträt des alten Landstreichers Ulf begonnen, der zufrieden lächelnd im Sand kauerte und aufs Meer blickte, eine Pfeife im zahnlosen Mund. Bald jedoch hatte Anna ihre Arbeit im Stich lassen müssen, denn Helga war hungrig. Am Fuß der Dünen jagten Oscar Björck und Christian Krohg einem widerspenstigen kleinen Jungen hinterdrein, der von der Gruppe, mit der er Modell stand, ausgebüxt war.

Als Einzige hatte Julia keine Staffelei mitgebracht. Im Schneidersitz zeichnete sie mit Bleistift in einem Skizzenheft, etwas abwesend, als wäre sie des Schöpfereifers, der die anderen gepackt hatte, ein wenig überdrüssig.

Und ich wanderte vom einen zum anderen, glücklich, ohne zu wissen warum. Ich hatte nichts zu tun, aber das bereitete mir keine Sorgen mehr, sondern ich genoss in vollen Zügen meine eigentlich grundlose

Heiterkeit und wollte sie nicht analysieren, sondern mich am rein gewaschenen Himmel und der erstaunlich warmen Spätaugustsonne satt trinken. Meinen Malerfreunden gegenüber wahrte ich das undeutliche Alibi jener Artikel, die ich zu schreiben geplant hatte. Glaubten sie mir? Keiner von ihnen stellte mir je Fragen danach. Natürlich fühlte ich mich anders als sie an diesem Strand, an dem jeder das gute Wetter durch sein Tätigsein feierte. Auch mit den im Wasser plantschenden Kindern hatte ich nichts gemein und ebenso wenig mit den Fischern, die wieder aufs Meer aufbrachen, oder mit den inspirierten Malern, deren Geschäftigkeit etwas ganz und gar Kunsthandwerkliches an sich hatte, vollkommen anders als der feierliche Eindruck, den künstlerisches Schaffen sonst vermitteln mochte. Nur mit dem kleinen Mädchen in Dunkelblau vielleicht . . . Aber ich war ihr genaues Gegenteil. Zuschauer sein, im Hintergrund bleiben, etwas abseits der anderen, das ließ mich tiefen Frieden empfinden, ich fühlte mich zum Beobachten geschaffen. Freilich, nachts lag ich schlaflos, ein seltsames Brennen in der Brust, die Angst, dass ich nicht wusste, was ich mit meinem Leben eigentlich anfangen sollte. Doch hier, unter der Sonne von Skagen, war die ganze Welt ein Schauspiel. Die Maler wussten das und bannten es, so schnell sie konnten, auf ihre Leinwand. Ich unterdessen sah zu, wie die Maler malten. Sie taten mir ein wenig Leid wegen ihres Talents: Die schönen Dinge des Lebens zu genießen verstanden sie, doch mussten sie sich alsbald von ihnen abwenden, um sie festzuhalten, um den Blick in fieberhafte Pinselbewegungen zu übersetzen.

Trotz der Sonnenwärme würde der Abend kühl werden, und Anna kam recht früh mit der Nachricht, dass der Tisch gedeckt sei. Michael und sie hatten noch keine Zeit gehabt, sich um ihren Garten zu kümmern. Aber der Kirschlorbeer bei der Gartenpforte war hübsch anzusehen. Anna hatte daneben eine improvisierte Tafel gedeckt, mit weißem Tischtuch. Michael hatte Bänke gebracht und dazu die beiden Sessel aus dem Salon, kuriose Throne im hohen Gras. Alles wartete auf dem Tisch: Obst, Fischfilets, Karaffen voller Wein und jede Art Brot, vom hellsten bis zum dunkelsten. Aber woher hatte Anna nur die Zeit genommen, um diese unglaubliche Zitronenbaiser-Torte zu machen?

Ich war diese geräuschvollen Abendessen voller Rufe, Gelächter, Teller- und Gläserklirren ja schon gewohnt. Heute aber, nach dem langen Warten auf besseres Wetter und voll der unerhofften Freude über einen sommerlichen Abend, waren alle Tischgenossen wie entfesselt.

Christian hatte unter der Jacke drei Flaschen Château-Latour mitgebracht – sie stammten aus dem Keller des Hotels Chevillon. Helene Christensen und Julia standen da und lachten lauthals, die Köpfe hinübergebeugt, um sich Oscars Drängen zu erwehren, sie sollten im Duett singen.

Als der Kuchen aufgegessen war und Michael mit verschwörerischer Miene den Champagner holen ging, trat Søren zu mir:

«Ulrik, lauf doch mal in mein Zimmer, die Sachen zum Fotografieren zu holen. Irgendwie glaube ich, diese Szene muss festgehalten werden!»

Das Fotografieren war seit einiger Zeit Krøyers Steckenpferd. Sein Aufenthalt in Frankreich hatte dieser eben erwachten Leidenschaft Nahrung gegeben. Aus Paris hatte er eine sorgfältigst verpackte umfangreiche Ausrüstung kommen lassen, die er bislang nicht im Freien hatte erproben können. Mir oblagen kleinere Aufgaben in dieser Sache, da auch mein Vater sich einige Zeit lang für diese neue Technik interessiert hatte. Also betrachtete Søren mich als eine Art Fotoassistenten – eine Rolle, die mir hervorragend passte und meinen Dilettantismus ein wenig rechtfertigte.

Als ich vom Hotel zurückkam, das Stativ unter dem Arm, in der anderen Hand die große Balgkamera, wogte die Stimmung noch eine Stufe höher, und wie oft in derlei Situationen war zu spüren, dass sie jeden Augenblick in weinerliche Sentimentalität umschlagen konnte.

Bald schlug Søren mit der Gabel an eine der oben herum in Goldpapier gehüllten Flaschen, die Michael gebracht hatte, und sorgte für einen Augenblick Stille.

«Meine Freunde», erklärte er feierlich, während ich die Kamera fertig aufbaute, «ich möchte unbedingt, dass unser guter Ulrik diesen kostbaren Augenblick für uns auf die Platte bannt!»

Julia, die solche Reden wohl nicht mochte, zog sich unter dem Vorwand, sie hätte dort zu tun, in die Küche zurück.

Unverdrossen sprach Søren weiter:

«Wir haben heute nichts anderes zu feiern als das Glück, an diesem milden Abend bei unseren Freunden Anna und Michael beisammen zu sein – nicht zu vergessen Helga. Erlaubt mir, einen Trinkspruch auszubringen, einfach weil wir am Leben und beieinander sind. Hip, hip, hurra!»

Pünktlich zu diesen Worten flammte der Magnesiumblitz auf.

«Hip, hip, hurra!» Da sind sie, im Sommerlicht, mit erhobenen Champagnerflöten. Unter den geschwungenen Zweigen betupft die Sonne das damastene Tischtuch mit changierenden Lichtflecken. Ein so ungetrübter Augenblick. Kein Schatten von Eifersucht, Groll, Traurigkeit. Wo anders ginge das als im Garten der Anchers? Søren hat den Toast ausgebracht. Er blinzelt hinter seinem Lorgnon hervor, deutet mit dem Zeigefinger auf Degn Brøndum und macht noch irgendeinen dummen Scherz, ich weiß nicht mehr was. Das Foto zeigt die Sekunde nach dem Ruf, als das «hurra» schon verhallt, die Arme aber noch erhoben sind, als die fröhliche Begeisterung auf ihrem Höhepunkt ist: eine wie schwebende Sekunde nach der Explosion der Freude. Ein Augenblick, aus der Luft gefangen, ein Rausch von lichtblonder Sonne und leichtem Champagner, ein Rausch von fast unverschämter Freundschaft. Jemand fragt noch:

«Und Helga? Kriegt die keinen Champagner?»

Anna tupft dem Baby einen Tropfen auf die Lippe, und die Kleine verzieht das Gesicht. Aber das ist nicht das, was das Foto zeigt. Es zeigt vielmehr diesen absolut runden Moment kurz davor, der auf Sørens poetisch-jungenhaften Toast folgt.

. . . weil wir am Leben und beieinander sind. Die Männer sind aufgestanden, sie wirken zugleich priesterlich und schalkhaft. Die Frauen sind sitzen geblieben, etwas weniger aufgekratzt oder auch müde, nachdem sie das Essen aufgetragen haben. Anna wegen Helga. Helene neigt sich zurück, um auf ihre Weise zu zeigen, wie verrückt doch die ganze Gesellschaft ist. Martha am Kopf der Tafel wirkt zugleich anwesend und etwas zurückgenommen. Sie hat sich eben erst hingesetzt, und die Art, wie sie diesen Freudenausbruch mit einem kleinen Lächeln bedenkt, legt einen gewissen Schleier über den unschuldigen Augenblick. Unsere Männer sind ein bisschen verrückt. Unser Glück ist ein bisschen verrückt. Aber so liebe ich sie, hier, unter Annas und Michaels Sträuchern. Das scheint Marthas Lächeln sagen zu wollen.

Hat Søren zu viel Château-Latour und Champagner getrunken? Muss man zu viel getrunken haben, um einen reinen Augenblick so zu feiern, alles schamhafte Schweigen beiseite zu schubsen und die Hitze, die alle in sich spüren, beim Namen zu nennen? Muss man zu viel getrunken haben, um das Glück beim Namen zu nennen, wenn es vorbeikommt?

Dieses Bild ist es, das ich im Magnesiumblitz festhalte. Schon lebt es in uns allen. Vier Jahre lang wird es in Søren Krøyers Arbeit leben. Und in mir noch sehr viel länger. Denn als ich an jenem Abend ins Hotel Brøndum zurückkehre, liegt Karins Telegramm da:

«Ulrik stop komm nach Paris stop Vater verstorben stop wir umarmen dich.»

Muss man das Glück beim Namen nennen, wenn es vorbeigeht?

Paris, Oktober 1884

Da war der Brief, den er auf seinem Schreibtisch hinterlassen hatte. Mein Onkel Frédéric übergab ihn mir mit für alle sichtbarem Mitgefühl, und ich glaube, die ganze Familie war entsetzt, dass ich mit dem Lesen wartete, bis ich allein war.

Ulrik,

verzeih mir. Ich war ihr nicht immer ein guter Ehemann. Aber heute weiß ich, dass ich ohne sie nicht leben kann. Ich habe noch nie viel Worte machen können. Aber du sollst wissen, dass ich, anders, als unser so geregelt und alltäglich wirkendes Dasein glauben lassen mochte, einzig für sie gelebt habe. Was ich im Leben nicht zu sagen und zu zeigen vermocht habe, hätte ich gern anders ausgedrückt. Für sie. Aber die Malerei, die mir so viel Freude bereitet hat, hat mir dennoch nicht jene so ungerecht verteilte, Talent genannte Gabe verliehen.

Ich weiß, dass du dich sehr allein fühlen wirst. Aber in Grez und in Skagen bist du Menschen begegnet, die das Wahre am Dasein erkannt haben. Dein Leben wird in ihrer Nähe einen Sinn finden. Lebe frei, alles andere ist nichts als Illusion. Mir fehlt der Mut, meinem Leben noch eine andere Wendung zu geben, aber auch dazu, tagaus, tagein diesem Beruf nachzugehen, den ich nie geliebt habe und der die Leere, die tief in meinem Inneren herrscht, nicht mehr ausfüllen kann.

Er hat ein so unendlich großes Gewicht auf meinen Schultern hinterlassen. Gibt es freie Kinder? Diese Sehnsucht meines Vaters nach dem Schöpferischen, dem er immer wieder hatte abschwören müssen, hatte mir Gewissensbisse verursacht. Manchmal machte er eine Anspielung auf die strenge, konformistische Familie, aus der er stammte. Ich hörte dahinter das, was er nicht zu sagen wagte: Sein Sohn hingegen hatte von Anfang an vom Kontakt zur lebenden Kunst profitiert. Wir haben ihn in die Pariser Museen mitgenommen. Er hat alle Maler von Barbizon und Fontainebleau bei der Arbeit beobachten können. Irgendetwas von dieser Welt, in die er so tief eingetaucht ist, wird gewiss auf ihn abfärben ...

Ja, irgendetwas hatte wohl abgefärbt. Aber nicht in der Art, wie mein Vater es erhofft hatte. In den Museen hatte ich mich immer grandios gelangweilt. Sie stahlen mir Zeit, die ich viel lieber an den Klettergerüsten in den Tuilerien oder angelnd am Loing verbracht hätte. In meine Sonntagskleidung gezwängt, musste ich Gemälde bewundern mit Landschaften am Meeresufer, freien Kindern, die in Flüsse sprangen oder durch Felder liefen, ein Schmetterlingsnetz in der Hand. Warum musste man das Leben in diese schweren, vergoldeten Rahmen einsperren, die, symmetrisch aufgereiht an den großen weißen Wänden hängend, etwas Friedhofartiges an sich hatten?

Die erste Zeit danach nahm ich mir übel, dass ich mehr an mich als an ihn dachte, dass ich weniger traurig als bedrückt war, erschlagen von all seinen Erwartungen, die er in eine Freiheit verkleidete, deren Normen freilich er festsetzte. Vielleicht wollte ich auch die Umstände seines Todes vergessen. Man erwartete, dass ich Fragen stellen würde wegen seines Selbstmordes. Aber ich wollte nichts Näheres wissen. Mein Vater hatte «seinen Tagen ein Ende gesetzt», wie meine Tante Agathe es ausdrückte. Die fast zärtliche Abstraktheit dieser Formulierung genügte mir. Es drängte mich nicht, seinen Tod mit reißerisch-dramatischen Bildern zu versehen.

Zunächst kümmerten meine Tanten und meine Onkel sich rührend fürsorglich um mich. Von mehreren Häusern war die Rede, in denen ich mich «wie zu Hause» fühlen würde. Ich stieß zu Gesprächen dazu, in denen über mich geredet wurde wie über ein familiäres Problem, das schnellstmöglich und diskret gelöst werden musste. Mit der Zeit spürte ich, wie das Interesse an meiner Person etwas konventioneller wurde. Meine Tante verstand sich nicht gut mit ihren Töchtern, aber diese Reibereien waren natürlich gar nichts verglichen mit dem Unglück «unseres armen Ulrik». «Um das Unglück anderer zu ertragen, hat man stets genügend Kraft», schrieb La Rochefoucauld einmal sinngemäß.

Nun, ich will nichts Ungerechtes über diese Familie

sagen, sie war weder besser noch schlechter als jede andere. Nur waren eben die drei Menschen, die mich wirklich geliebt hatten, tot; die Kirschen aus dem Garten in Grez würden mir nächstes Jahr sauer schmecken, dagegen vermochte niemand etwas. Ich plante durchaus nicht, meine Trauer oder auch eine gespielte Heiterkeit in den Wohnungen von Onkel Frédéric oder Tante Agathe zur Schau zu stellen. Nein, meine Cousinen würden nie «wie richtige kleine Schwestern» für mich sein. Ihre blonden Locken hatten mich einst beeindruckt, aber ich fand sie mittlerweile immer dümmer. Allerdings wusste ich, es würde über meine Kräfte gehen, allein in unserer Wohnung in der Rue du Marché-Saint-Honoré zu wohnen.

Wohl oder übel musste ich also meine «Erbangelegenheiten regeln», wie es Maître Hergot, der Notar der Familie, ausdrückte. Ich fühlte mich nicht im Stande, irgendein Erbe anzutreten. Zwar ging es weniger darum, etwas zu erben, als mein Leben zu bestehen, doch über Unterlagen zu diesem Punkt verfügte Maître Hergot mitnichten. Hinter seiner amtlichen Redeweise und seinem Kinnbärtchen sah ich dennoch echte Anteilnahme hervorschimmern.

«Nun, wollen Sie verkaufen?»

Ja, natürlich wollte ich die Wohnung verkaufen. Kein Gedanke, in diesen Räumen zu bleiben, in denen die Überreste meiner Kindheit von nichts erzählten als von dem langsamen Verlöschen meiner Mutter, dem Selbstmord meines Vaters und dieser miteinander geteilten Unzufriedenheit, die aus den geschwungenen Möbeln, aus den Teppichmustern zu sprechen schien.

«Ich glaube, ich kann Sie verstehen, Monsieur

Tercier», fuhr der Notar fort. «Eine sehr schöne Wohnung in ausgezeichneter Lage. Mit dem Erlös aus dem Verkauf finden Sie ganz gewiss etwas anderes.»

«Ich suche nichts anderes.»

Maître Hergot setzte sein Lorgnon auf und musterte mich perplex.

«Ja, es war der Wille meines Vaters, dass ich nicht das festgefügte Leben führe, wie er es getan hat. Diesen Wunsch hat er in dem Brief ausgedrückt, den er mir hinterlassen hat.»

Es widerstrebte mir eigentlich, den Inhalt dieses so persönlichen Schreibens weiterzugeben, aber ich wusste nicht, wie ich auf die Verblüffung des Notars anders reagieren sollte.

«Also nehme ich an, Sie werden reisen . . . Zunächst jedenfalls . . .»

Und da ich dazu seine Hilfe nicht in Anspruch nehmen würde, kam er nach einer etwas gezwungenen Pause auf bodenständigere Themen seines Amtes zurück:

«Verzeihen Sie. Es muss aussehen, als wollte ich mich einmischen . . . Das liegt nur an meinem lebhaften Interesse an Ihnen.» Er räusperte sich. «Das Eigentum in Grez jedenfalls bleibt in einer Hand. Ansonsten verhält es sich so, dass Ihre Eltern über diverse Einkünfte verfügten, die Sie jeder materiellen Sorge entheben.»

«Maître, ich vertraue Ihnen vollkommen. Kümmern Sie sich weiter um diese Dinge wie bisher. Aber verkürzen Sie meine Qualen und finden Sie einen Käufer für die Wohnung, bitte.»

Finstere Tage waren es. Auf die Straße hinunterzugehen, die Freude aller ringsum zu erleben war mir fast unerträglich. Und diese Stille in meinem Zimmer, im Salon ... Dann kam jener Nachmittag im September. Der Herbstregen prasselte an die Fensterscheiben. Ich weiß nicht recht, wie ich in meiner Langeweile in das Behandlungszimmer am Ende des Flurs geraten war. Als Kind hatte mich der Raum zugleich fasziniert und abgestoßen. Die Ausdünstungen all der Kranken, die hier ein und aus gegangen waren, hingen in den Wänden. Ich hatte den Raum selbst so gut wie nie betreten. Abends schloss mein Vater ihn ab, und meine Mutter musste darauf bestehen, dass er widerwillig noch einmal hineinging, um gründlich zu lüften.

Zerstreut sah ich verschiedene Aktenordner durch, blätterte in den trockenen medizinischen Abhandlungen der Bibliothek, als mein Finger auf einmal hinter einem in Leder eingebundenen Folianten eine fast unmerkliche Erhöhung in der Wand spürte. Mit den Fingerspitzen gelang es mir, eine kleine Tapetentür aufzuziehen. Jetzt schon wusste ich, was sich hinter ihr verbarg, der Grund nämlich dafür, dass mein Vater das Zimmer immer so sorgsam verschlossen hielt.

Rund dreißig Gemälde verschiedener Größe, doch meist eher klein, standen hier. Landschaften, ein, zwei Porträts, vor allem Stillleben. Ich verteilte sie unsystematisch im Raum, lehnte sie an Stühle, das Sofa oder auch an die Wand im Eingangsflur. Insgesamt bezeugten sie eine für den Amateur erstaunliche Könnerschaft. Dieses Stillleben mit Äpfeln, einem Topf aus Zinn, das ich an ein Bein des Empire-Schreibtisches gelehnt hatte ... Sichere Strichführung, die Glanzlichter auf den Äpfeln technisch exzellent. Die Falten des Tischtuchs warfen lebensecht wirkende Schatten.

Doch zugleich erinnerte es an tausendmal Gesehenes. Mir war, als hörte ich die Stimme meines Vaters:

«Erst einmal muss man kopieren können!»

Den Satz bekam ich oft in meiner Kindheit zu hören, bei jedweder Gelegenheit, wenn ich am Klavier etwas zusammenstümperte oder eine Geschichte zu schreiben versuchte. Ich tagträumte, den Federhalter zwischen den Zähnen. Er kam herein wie ein Windstoß, taxierte den Erfolg meiner Bemühungen mit einem Blick über meine Schulter, warf unerfreulich gönnerhaft diese Bemerkung hin, die mir nichts sagte. Was denn kopieren? Die Lektüre von George Sands *Das Teufelsmoor* oder von *'93er Rekruten* konnte mir keinerlei Hilfe leisten bei der Anfertigung meines Hausaufsatzes mit der nervtötend trockenen Aufgabenstellung: «Beschreiben Sie die Architektur des Pont du Gard.»

Erst einmal kopieren können ... Wie viel Bedeutung auf einmal in diesen so oft gehörten Worten lag! Das «erst einmal» wurde mir jetzt erst richtig klar. Mein Vater hatte immer auf den Lohn dafür gewartet, dass er sich diesem ihm so sinnreich erscheinenden Prinzip unterwarf, er hatte sich daraus den Durchbruch zu seiner eigenen künstlerischen Welt erhofft. Doch auf so etwas deuteten diese Bilder hier nicht hin. Ein kleines Porträt meiner Mutter hingegen war vollkommen gelungen. Ganz natürlich schien sie, wie sie, das Haar von einem pastellblauen Schal umhüllt, den Kopf leicht neigte, eine Bewegung, die ihren Hals besonders grazil wirken ließ und ihr einen leicht spöttischen, dabei verletzlichen Ausdruck verlieh. Wahrscheinlich stammte es vom Anfang ihrer gemeinsamen Zeit – datiert war das Gemälde nicht –, aber ich spürte in ihm eine leichte, ungreifbare Wahrheit. So war meine Mutter gewesen, wie ich sie nicht gekannt, wie mein Vater sie nie zu fassen vermocht hatte. Meine Mutter, der er bis ganz zuletzt schweigsam und verzweifelt nachgejagt war. Seltsam, dass er sauertöpfisch und wortkarg war, hatte mich denken lassen, er sei stark. Und jetzt entdeckte ich diese Schwäche, für die ich ihn noch mehr liebte. Aber zu spät. Gewiss war er ihr nie so nahe gekommen wie mit diesem bewegten, fragilen Porträt. Ein bisschen Hellblau, ein klarer Blick, ein Sphinxenhals.

Die Landschaftsbilder gefielen mir weniger. Melancholische Uferstücke vom Loing, nebelverhangene Herbstfelder – der Einfluss von Corot und Daubigny war allzu offenkundig. Ich litt bei ihrem Anblick, so wie mein Vater mit Sicherheit gelitten hatte, wenn er sie mit Carls, Karins, Sørens Stegen und Waschhäusern verglich. Lange stand ich vor all diesen Leinwänden, von denen etliche am Rand ausfransten – keine einzige war gerahmt. Draußen nahm der Regen an Heftigkeit zu, der Wind wirbelte Laub aus den Tuilerien gegen die Fenster. Schon musste ich die Lampen anzünden. Dann räumte ich die Bilder traurig wieder in ihr Versteck. Aber das Porträt mit dem blauen Schal behielt ich.

Grez, November 1884

Welch seltsame Empfindung, durch das Laub der Kastanien am Loing zu stapfen. Zum ersten Mal entdeckte ich Grez im Herbstkleid. Ich hatte das Ferienhaus immer Ende des Sommers verlassen, wenn der Geschmack der noch sauren Brombeeren sich mit der Melancholie des Abschieds mischte. Dann ging es zurück nach Paris, wo Großmutter uns von Zeit zu Zeit besuchte. Die Gedanken an Grez schlummerten in mir bis zum nächsten Frühling.

Vom unermüdlichen Zwitschern der Vögel am Sommerhimmel blieb nichts als eine große Leere, durchbrochen hie und da vom Krächzen einer Krähe. Kein Plätschern mehr, keine Wäsche, die auf den Stein des Waschhauses geschlagen wird. Kein Mensch auf der Gartenterrasse, wo die an die Tische gelehnten Stühle keine Hoffnung auf die Kaffeezeit, auf die Stunde des Weinpunsches mehr hegten. Selten einmal der Schuss aus einer Jagdflinte im nahen Wald. Und das üppig brandende rote Weinlaub an den Wänden des Hotels Chevillon, bis aufs Dach hinauf. Blätter von fast durchscheinendem Rot oder Laub wie welke alte Damen, runzelig, gekräuselt, schwermütig, dazu noch grüne Blätter, doch sind sie schon von einem unmerklichen, bald obsiegenden Rosa, das später alle Rottöne bis zum tiefsten Granatdunkel durchlaufen wird.

«Seltsam», meinte Carl leise, «wenn vom Herbst die Rede ist, kommen einem die Wörter ‹September› und ‹Oktober› in den Sinn. Dabei ist jedes Jahr wieder der November der eigentliche Monat des Herbstes.»

Seltsam auch dieser Spaziergang mit Carl und Karin. Wir benötigten eigentlich keine Worte. Von Zeit zu Zeit ein Satz, ruhig und ernst wie ein herabsegelndes Laubblatt. Karin stand ihre Mutterschaft gut, ebenso wie das lange rote Samtcape, in das sie sich gehüllt hatte – aber ihre kleinen Ohren standen immer noch genauso drollig vor dem festgezurrten Haarknoten ab wie je, und ihre großen Augen blickten mit alter Zärtlichkeit, in der alle junge Trauer enthalten war, in meine. Carl seinerseits war ganz und gar nicht wie der große Festveranstalter des Sommers. Er trug die kleine schlafende Suzanne an sich gedrückt und ließ mich von Skagen berichten. Ich sprach voll naiven Feuers, denn Skagen schien mir im Augenblick der einzige Hafen für eine Welt, in der ich meinen Platz finden könnte. Carl lauschte mit leichtem Lächeln und spielte dabei mit der Fußspitze in einem Laubhaufen. Dann wurde ich es müde, die kleine dänische Gruppe so zu lobpreisen; es genierte mich ein wenig, dass ich Søren Krøyers Art und auch die des Paares Anna und Michael Ancher so in den Vordergrund gestellt hatte – schließlich hatten Carl und Karin im Hotel Chevillon dieselbe Rolle innegehabt. Eine lange Gesprächspause folgte, in der nichts zu hören war als der Rhythmus unseres Gleichschritts. Carl deutete auf einen Schwarm Wildenten, der v-förmig hinter dem Turm von Ganne verschwand. Dann meinte er still:

«Eins ist sicher: Sie haben Recht gehabt, dass sie nach Skagen zurückgegangen sind. In Frankreich sind wir Gäste und fühlen uns willkommen. Aber das Licht der Île-de-France ist nicht das einzig denkbare auf der Welt. Egal wie lange wir hier bleiben, wir werden nie mehr als die Komparsen der französischen Impressionisten sein. Die Île-de-France gehört Monet, Renoir und Sisley. Wir haben unsere eigenen Wurzeln. Krøyer ist ein echter Urjütländer! Es wird Zeit, dass Christian Krohg sich daran erinnert, dass er Norweger ist, dass Karin und Carl Larsson sich an Dalarna erinnern mit seinen funkelnden Seen . . .»

«Wollen Sie fort aus Grez?»

«Nicht sofort», antwortete Karin. «Suzanne ist zu klein für so eine lange Reise. Außerdem rechnen unsere Freunde für Weihnachten mit uns. Karl Nordström, Siri und August Strindberg würden es uns übel nehmen, wenn wir sie jetzt verließen. Aber im Frühjahr, ja, ich glaube, dann kehren wir nach Stockholm zurück. Schließlich kann man auch ohne die Larssons leben . . .»

In der letzten Bemerkung schwang eine Spur Verbitterung mit, aber ich hörte auch eine Frage heraus, die mich ganz besonders betraf. Konnte man ohne die Larssons leben? Schwerlich hätte ich mit Ja antworten können. Angesichts der großen Leere, die vor mir klaffte, waren sie mein einziger Anker, die Einzigen, die mir geholfen hatten, diese schwarze Zeit durchzustehen. Ihre Freundschaft und Nähe zeigten mir ein mögliches Leben, waren Beweis, dass das Glück hienieden zu finden war. Sogar wenn ich an Skagen dachte, folgte mir die Erinnerung an Karin und Carl dorthin. Obwohl sie sich ein wenig voneinander entfernt hatten, blieb Julia Karins allernächste Freundin – und mehr noch als mit Krøyer hing mein Heimweh nach Skagen mit Julia zusammen. Karin setzte sich ins Laub, wir taten es ihr gleich. Suzanne war aufgewacht, und Carl entlockte ihr ein helles Lachen, indem er sie sich hoch über den Kopf hielt.

«Wirst du mit uns in Grez Weihnachten feiern, Ulrik?», fragte Karin und wickelte sich enger in ihr Cape. Ein garstiger kleiner Wind war aufgekommen und furchte den Fluss; offenbar stand ein Regenschauer bevor.

«Ja, ich glaube schon … Ich hatte gehofft, alles würde schnell vonstatten gehen, aber jetzt hat mir der Notar klargemacht, dass ich die Abreise noch mindestens bis zum Frühling aufschieben muss.»

«Das wird wieder ein schönes Fest!», warf Carl ein. «Nordström wird da sein und Heidenstam auch, ein Schriftstellerfreund von Strindberg. Dazu natürlich Augusts ganze Familie und zwei Däninnen, die Siri gern mag – ich für meinen Teil übrigens gar nicht. Außerdem noch drei amerikanische Maler, die noch verrückter sind als die Schweden … Du siehst, die Kolonie von Grez ist nicht völlig ausgestorben.»

Nach einer kleinen Pause fügte er ernster hinzu:

«Für uns wird es das letzte Fest in Grez. In Stockholm braut sich ein Aufstand zusammen. Die jungen Künstler begehren gegen den Konformismus der Akademie auf und gegen die Ungerechtigkeit der staatlichen Ankäufe. Wir dürfen sie bei diesem Kampf nicht allein lassen. Unser Platz ist bei ihnen.»

Karin hatte Suzanne genommen und blies ihr hauchleicht übers Haar.

«Wir sind hier so glücklich gewesen!», seufzte sie.

«Das werden Sie woanders auch sein, Karin!», entgegnete ich so leidenschaftlich, dass beide lächeln mussten. «Was würde aus uns anderen werden, wenn Sie nicht glücklich wären?»

Es hatte zu regnen begonnen. Karin barg Suzanne unter dem Cape, und wir schritten rasch zu ihrem Gartenhaus, das ebenfalls von wildem Wein überrankt war. Es war bereits ein kälterer Regen, der keine Düfte mehr trug, sondern nur noch die Sehnsucht beförderte, ins Warme zu kommen, vor den Kamin, in den bernsteingelben Lampenschein. Karin schlug vor, eine Schokolade zu trinken, und während sie sie zubereitete, drehte ich noch eine Runde durchs Hotel. Sogar in den Keller stieg ich hinunter, einer plötzlichen Laune folgend – vielleicht aus einem Bedürfnis, allein zu sein. Léonie hatte sämtliche Äpfel des Gartens auf Stellagen ausgelegt.

Dieser Duft weht mich plötzlich an. Etwas wie warmer Atem, der sich im Schatten verströmt. Dieser Duft hat alle Brauntöne eingefangen, alles Rot, dazu ein wenig säuerliches Grün. Dieser Duft hat die Sanftheit der Apfelschale destilliert, ihre winzige Rauheit. Mit trockenen Lippen weiß ich schon jetzt, dieser Durst ist nicht zu stillen. Nichts würde sich ändern durch den Biss in das weiße Fleisch. Man müsste November werden, gestampfte Erde, Wölbung des Kellers, Regen,

Erwartung. Der Duft der Äpfel ist schmerzlich. Er wühlt in mir nach verdeckten Genüssen. Ich würde so gern in der Gegenwart zu leben verstehen. Und die kleinste Empfindung bringt mich auf Pfade der Erinnerung an Vergangenes. Ich bleibe hier. Auf einmal bin ich so allein, hier im Apfelduft.

Skagen, Juni 1885

Søren Krøyer ist der Mann, der gesagt hat: «Ich will leicht sein. Ich will den Sommer lieben. Ich will nicht verstehen. Schauen.» Ist er ein Dummkopf? Manchmal, wenn er von seinen langen Wanderungen in den Dünen zurückkommt, ist sein Lächeln geradezu ekstatisch. Kaufmann Hansen findet ihn unerträglich:

«Dann kann man das Gespräch gleich ganz allein bestreiten! Er schaut einen mit seinem großen Lächeln an, als würde man ganz außergewöhnliche Dinge sagen. Man redet über etwas vollkommen Alltägliches, die Frühjahrsstürme, den Heringspreis, der wegen der schlechten Fänge steigt, und er? Er legt einem irgendwann die Hand auf die Schulter und sagt sehr feierlich: ‹Du hast Recht, Hansen, vollkommen Recht!› Womit denn Recht? Wo man sich nur mal etwas unterhalten möchte. Aber er macht auf erleuchtet!»

Ich weiß nicht, ob er auf erleuchtet macht. Aber uns erleuchtet er. In seinem unveränderlich weißen Anzug ist er wie eine Wolke. Mit ausgebreiteten Armen läuft er den Strand entlang, trinkt die Sonne und den Möwenflug. Seit den ersten warmen Tagen schläft er meist in den Dünen. Abends verlässt er das Hotel, eine Decke über der Schulter, und morgens kehrt er zurück, mit verwunderten, von der Morgenkühle geröteten Augen. Er schaut uns an, als wäre er vom Mond gefallen. Und einer von uns will ihn etwas necken, zum Beispiel mit:

«Na, Søren, wie steht es um die Götter der Nacht?»

Krøyer lächelt, setzt sich an den Frühstückstisch, tut so, als würde er gerade auf die Erde zurückkehren. Aber keiner fällt darauf herein. Dieser Mann ist zwar an unserer Seite, doch nur scheinbar. In Wirklichkeit ist er gemacht, um zu fliegen. Hier hat er seine Heimat gefunden. Nach all den Jahren des Reisens quer durch Europa, durch Italien und Spanien, über Sardinien und Sizilien, ist jetzt für ihn von Reisen keine Rede mehr. Skagen ist seine einzige Reise geworden. Anna Ancher staunt, dass er den Winter hier aushält, der einem so lang vorkommt, wenn man nicht vom Ort stammt. Aber er hat ihr nur geantwortet, das Warten erhöhe die Kraft des Sommers.

Liebt er Helene Christensen? Anna glaubt es nicht. Niemand hier glaubt es so recht. Offenbar ist Helene schwanger. Sie hat sich Martha anvertraut und natürlich Anna. Aber es Søren zu sagen, hat sie bislang noch nicht gewagt. Es ist nicht so einfach. Ich glaube, sie hat Angst vor seiner Reaktion. Um ihretwillen, aber um seinetwillen auch. Sie befürchtet, die Nachricht könnte Sørens Leben völlig über den Haufen werfen, das Leben aller in Skagen. Tag um Tag zögert sie es hinaus. Anna hat ihr angeboten, es ihm an ihrer statt zu sagen, aber Helene hat sie inständig gebeten, das nur ja nicht zu tun. Also hat das Geheimnis allmählich unter uns die Runde gemacht und bringt uns einander näher. Von Søren entfernt es uns. Wir sehen ihn vom Strand kommen wie von einem anderen Kontinent. Alle haben wir etwas in uns, dieses Wissen, mit dem wir seine Freude abtöten könnten. Dadurch wirkt sie nur noch umso schöner. Er ist für uns fast wie ein glückliches Kind, dem man nicht zu sagen wagt, dass es schwer krank ist. Natürlich kann das so nicht weitergehen. Aber an jedem Sommertag in Skagen ist das Licht so gleißend, dass das Leben innehalten und es glänzen lassen muss.

Seit den ersten schönen Tagen sind Søren, Christian, Oscar und Viggo am Strand und malen. Anna begleitet sie nicht mehr. Den Winter über hat sie mit häuslicheren Motiven begonnen. Meist eine Szene am Fenster oder im Lichtkreis einer Lampe, ein friedliches Universum und starker Kontrast zu den barschen, tropfnassen Fischersleuten ihres Mannes Michael. Sie malt verhutzelte alte Weiblein beim Nähen, Frauen in der Küche vor ganzen Batterien Kupfertöpfen oder Helga, die auf einem Sofa schläft. Anfangs hatte sie diese Arbeitsweise gewählt, weil sie ihr erlaubte, bei ihrem Töchterlein zu sein, doch dann hat sie gespürt, dass es hier für sie noch mehr zu entdecken gibt, nicht nur wegen der Motive, sondern ebenso dank des indirekten, von ihren neuen Vorhängen gefilterten Lichts, das sie auf neue Wege bringt.

Auch Viggo Johansen hat Schlechtwettertage genutzt, und zwar für eine Reihe Bilder von Martha, oft in Rückenansicht, bei der Hausarbeit – sie haben ein Fischerhaus nahe beim Strand gemietet. Christian

Krohg ist ihr bester Freund geworden, früh im Jahr hat er Martha mehrmals porträtiert.

Jetzt aber hat das Blau sie am Wickel, das ungebändigte Blau von Skagen. Es ist fast nicht zu fassen, wie so viel lavendelmildes Licht aus einem so entgrenzten Raum funkeln kann, windgebläht, berauschend. Auf ihren Bildern sind Kinder zu sehen, Boote, Fischer, eine Frauengestalt, die im Gegenlicht davongeht. Eigentlich aber fangen sie dieses ewig sich wandelnde Blau ein, das sich ihnen zu entziehen scheint, je näher sie ihm kommen, ganz in der Art des stets fern bleibenden Horizonts.

Der alte Ulf hat gesagt, der Sommer werde sehr schön, da der Wind am St.-Lucia-Tag auf Süd gestanden hatte. Und in der Tat, seit dem Aprilregen ist die Sonne treu zur Stelle, jeder Tag ein neues Fest.

Immerhin, Søren malt nicht nur den Strand. Auch ein anderes Bild beschäftigt ihn sehr, eines, zu dem er schon zehnmal Skizzen angelegt und das er immer wieder verworfen hat.

«Ich werde es *Hip, hip, hurra!* nennen!», hat er einmal gesagt und mir einen Abzug des kleinen Fotos gegeben, das ich sommers zuvor aufgenommen hatte.

Und da ich unschlüssig schien, wie ich darauf reagieren sollte, hatte er hinzugefügt:

«Ja, der Titel mag seltsam wirken. Aber er trifft es genau: *Hip, hip, hurra!* – eine etwas überdrehte Freudenexplosion, perfekte Freundschaft, ein letzter Sommerabend.»

Der Abzug ist nicht sehr gelungen. Die Männer im Hintergrund sind verwischt, unscharf. Krøyer mit erhobenem Glas ist erkennbar. Die Frauen sind deutlicher, Marthas und Annas Gesicht vollkommen scharf. Seither hat Michael den schlichten Lattenzaun durch eine hübsche, niedrige, grün gestrichene Einfriedung ersetzt. Die Büsche sind gewachsen ... Das Foto benutzt Søren übrigens nur dann und wann als Anregung. Jeden Abend, wenn er vom Strand kommt, um die Tageszeit, da das Licht matter zu werden beginnt, wie an jenem 20. August letztes Jahr, kommt er in den Garten der Anchers. Er hat Anna um das Tischtuch von damals gebeten und allein drei Skizzen über das dichte, von Lichtflecken besetzte Damastgewebe angefertigt. Für eine andere Studie hat er Anna gebeten, sich nochmals auf die Bank zu setzen, mit Helga auf dem Schoß. *Hip, hip, hurra!* ist nicht ein Bild, sondern zehn, fünfzehn mehr oder weniger durchgearbeitete, mehr oder weniger detailgenaue Einzelgemälde, bald mit Figuren, bald nur mit Flaschen, Gläsern, Strauchwerk.

Diese Arbeit fasziniert mich. Søren meint, er werde vielleicht Jahre benötigen, bis das endgültige Gemälde fertig sei. Jahre für eine Sekunde, Jahre für einen aus der Hochstimmung des Augenblicks geborenen Toast. Für mich ist die Erinnerung an diesen Abend nicht ganz ungetrübt. Der Tod, das Leben, das Dunkel und die Freude. Denkt Søren daran, was dieser Tag für mich bedeutet? Ich weiß es nicht. Sowieso kann man nicht sagen, ob er in der Lage ist, an andere zu denken. Aber er ist der Anführer, der Gestalter unseres Zusammenlebens hier. Ich werde auf diesem Bild nicht zu sehen sein – aber ich war das Auge des Fotos. Um dieses kurzen Moments und um der Nacht danach willen sehe ich Krøyer beim Malen des Bildes zu. Das Jahr dehnt sich auf die Länge einer Sekunde.

Skagen, Juli 1885

Noch jemand wird nicht auf dem Bild zu sehen sein. Aber nicht zufällig. Julia hatte den Schauplatz verlassen, als sie spürte, dass Krøyers poetischer Überschwang sich gleich Luft machen würde.

«Weißt du, Ulrik, es ist seltsam», meinte sie eines Tages. «Trotz deiner Erziehung bist du skandinavischer als ich. Meine ganze Kindheit über habe ich diese großtuerischen, sentimentalen Trinksprüche gefürchtet, zu denen die Leute bei uns sich verpflichtet fühlen, am Ende der Familienfeste, am liebsten, wenn ein wenig Alkohol ihnen dabei hilft. Mein Vater hat das geliebt. Ausschließlich Männer schwingen solche Reden. Sie maßen sich das Recht an, die Atmosphäre zu bestimmen, die Aufmerksamkeit aller zu beanspruchen. Natürlich, das ist nur eine Konvention. Ich weiß, du magst sie. Ich finde sie grässlich.»

«Aber Julia, ich bitte dich, Søren ist alles, aber nicht konventionell!»

«Genau das geht mir auf die Nerven. Ich habe genau gespürt, dass er an dem Abend mit konformistischen

Tönen das feiern würde, was am stärksten im Widerspruch zur bürgerlichen Ordnung steht: eine Künstlerkolonie.»

«Du wirfst alles durcheinander, Julia. Glaub mir, dieser Mut der Skandinavier, die Zeit zum Innehalten zu bringen, ist fern jeder Konvention. Bei mir zu Hause ... Erst mal gibt es viel weniger Feste. Aber wenn eins gefeiert wurde, verging es jedes Mal, ohne dass nur ein Einziger es fertig gebracht hätte, den anderen zu sagen, dass er sie mag. Nennst du das schamhaft? Wenn das so ist, dann will ich lieber alle Schamhaftigkeit verlernen. Das Leben geht weiter, Menschen verlieren einander. Aber wenn man beieinander ist, dürfen keine Gefühle laut werden? Geistreich soll man sein, ironisch, über ein Theaterstück oder Politik darf man diskutieren. So geht es in Frankreich. Ich weiß nur zu gut, welche Leere nach so einem Leben bleibt. Die Menschen lieben, wenn es noch nicht zu spät ist, und koste es auch ein bisschen Pathos ... Es ist schön, wenn einer wagt, sich lächerlich zu machen, Julia. Es hat so viel Wärme, Lebendigkeit. Wir sind doch nicht auf der Welt, um immer schamhaft zu sein ...»

Es war Abend. Wir saßen am Strand, zwischen den Booten. Etwas abseits plauderten Fischer um ein Lagerfeuer. Lag es an dessen rötlichem Schein oder am aufgehenden Mond, dass das Blau der Nacht fast kitschig wirkte, schwer violett wie ein allzu üppiger Samtstoff? Julia sah mich lange an, ohne zu antworten. Überdachte sie meinen letzten Satz? Vielleicht ließ mich die Intensität ihres Blicks das denken. Seit unserer ersten Begegnung am Bahnhof von Nemours sprachen wir immer leichter miteinander, konnten auch schweigen, manchmal unbeschwert und natürlich, manchmal auch angespannt, fast gequält. Aber das Schweigen dieses Abends würde ich gern noch hundertmal wieder erleben; wir standen schweigend auf, wanderten dann langsam zum Wellensaum hinunter. Mit der Flut war ein leichter Wind aufgekommen. Fern sahen wir die Lichter des Hotels Brøndum, sogar Klaviergeklimper drang herüber. Søren, Christian? Kurz spekulierten wir amüsiert, wer da ein paar Walzertakte durch die offenen Fenster in die Sommernacht sandte. Und wer von uns beiden griff dann nach der Hand des anderen?

Gemächlich näherten wir uns der Landzunge. Stille, leuchtende Einsamkeit versprach sie, ganz anders als letztes Jahr im prasselnden Regen. Das Blinken des Leuchtturms gesellte sich dem Sternengefunkel bei. Wer von uns beiden zog das andere zu den Dünen? Wie weich und kühl der Sand sich anfühlte! Je höher wir auf die Düne stiegen, desto lauter wurde das Wellenrauschen. Dann waren wir ganz nah an der Stelle, wo die Dünungen von West und von Ost sich mischten. Am Ende von etwas, am Rande von etwas ...

Wer von uns beiden hat das andere verführt? Damals kam es mir so vor, als würde alles miteinander und durcheinander entstehen, in einem langsamen Fieber, bebend und beherrscht zugleich, als würde jede Hast das stille Geheimnis verletzen, das uns zueinander trieb. Julias offenes Haar mischte sich mit dem Dünengras, der Duft ihrer Haut mit dem der wilden Strandrosen. Fragile, wichtige Momente. Eine neue, verlässliche Sprache. Seltsam, wie so etwas in der Erinnerung verschwimmen kann. Sicher gab es auch Ungeschicklichkeiten, Lächerliches, wahrscheinlich mussten wir lachen, als wir uns später im stärker gewordenen Wind etwas unbeholfen wieder anzogen. Aber am stärksten ist die Erinnerung an unser Begehren, das auf viel mehr zielte als darauf, etwas zu riskieren, aufs Spiel zu setzen, ohne das Geheimnis zu zerstören. Lange blieben wir im Sand liegen und blickten über die Wellen von Kattegat und Skagerrak, die draußen im Dunkeln ineinander liefen. Und diesmal, da bin ich sicher, wiederholte Julia das, was ich zuvor gesagt hatte, ganz dicht an meinem Ohr, mit zärtlich-leichter Ironie: «Wir sind doch nicht auf der Welt, um immer schamhaft zu sein!»

Grez-sur-Loing, am 28. Juli 1885
Karl Nordström an Oscar Björck

Mein lieber Björck,

du wirst es nicht glauben: Binnen weniger Wochen hat sich Grez in eine Hölle verwandelt. Sei nicht böse, dass ich dich wähle, um mein Herz auszuschütten. Ich muss gestehen, dass ich nicht wage, den Larssons davon zu schreiben. Dass sie fort sind, scheint zu der vergifteten Atmosphäre beizutragen, die über uns liegt . . . Ich war so stolz gewesen, dass ich die skandinavische Kolonie von Grez begründet hatte! Was bleibt? Kein Sommer war so heiß wie dieser, nie die Gartenterrasse und die Ruderboote so verlockend. Aber unsere Herzen sind wie aus Eis.

Strindberg kann eigentlich nichts dafür, obgleich – ich kann nicht umhin zu denken, dass seine ganze Art, das Leben zu sehen und zu leben, diese schleichende Fäulnis, die uns verzehrt, bereits angekündigt hatte.

Du wirst fragen, was denn eigentlich los ist. Nun, du

wirst dich an die beiden Däninnen erinnern, die ins Haus neben der Brücke ganz nahe beim Hotel Chevillon eingezogen sind. Ich weiß nicht recht, was sie hergelockt hatte, wohl der Umstand, dass in der Heimat immer mehr von der skandinavischen Kolonie in Grez gesprochen wird. Als du hier warst, hielten sie sich ja noch sehr zurück, außerdem hatten sie mit Malerei nichts im Sinn. Offenbar leben sie von irgendwelchen Einkünften, pflegen einen erheblichen Alkoholkonsum und überdies – kaum verhohlen – den Kult von Lesbos.

Ich weiß nicht, woher Siri Strindberg die Dreistigkeit nimmt, aber stell dir vor, sie hat sich mit den beiden absonderlichen Gestalten angefreundet. Und wohl nicht nur angefreundet. Die drei spazieren immer häufiger gemeinsam durchs Dorf, lachen immer lauter und anzüglicher, umfassen sich bei der Taille, wenn sie am Hotel Chevillon vorüberkommen – wo Madame Strindberg immer öfter ihre beiden Töchter allein lässt. Meine Hand zittert vor Wut, indem ich dies schreibe.

Und was tut August? Keine Szene, keine Aussprache, das ist nicht seine Art. Nein, er blickt finster drein, todfinster, die unterdrückte Kränkung treibt ihn bald zum Wahnsinn. Ich weiß nicht, wie lange das noch gut geht. August tigert in seinem Zimmer auf und ab – angeblich, um sein Buch über das französische Landleben zu beenden. Die drei Frauen stellen sich unterdessen frei zur Schau. Den Klatsch kannst du dir unschwer vorstellen.

Indessen denkt offenbar niemand daran, einfach abzureisen. Aber wenn alle noch länger bleiben, geht unser Abenteuer hier übel aus. Und außerdem, was für einen Eindruck hinterlassen wir? Du wirst sagen, ich dürfe das alles nicht so ernst nehmen. Aber mein Stolz, die Kolonie von Grez begründet zu haben, erzeugt eben auch ein Gefühl von Verantwortung, ein recht bitteres.

Es hat mir gut getan, mich auszusprechen. Bitte, schreibe mir. Erzähl mir, was du malst. Erzähl mir, dass die Menschen in Skagen miteinander zu leben und zu malen verstehen.

Ich umarme dich,

Karl

Skagen, August 1885

Julia malte das Skagener Blau. Ihre Bilder sahen aber ganz anders aus als die von Michael oder Søren. Nie eine menschliche Figur, es sei denn sehr von fern, als namenloser Umriss hinten am Strand. Dafür reduzierte Landschaft: etwas Meer, etwas Sand, am Horizont ein Stück Düne. Zu allen Tageszeiten, in tausenderlei Abstufungen von gebrochenem Weiß, Milchblau, Lavendelblau ... Erst hatte sie sich gesträubt, die Werke zu zeigen, die sie schuf, wenn sie in aller Herrgottsfrühe oder beim Sonnenuntergang zum Strand ging. Aber in Skagen konnte man sich nicht zu lange isolieren; die anderen hätten es irgendwann als Kränkung aufgefasst.

Also hatte sie sich Sørens Scherzen ausgesetzt. Er stand neben ihrer Staffelei und bemerkte:

«Ah! Blau in Blau! L'art pour l'art! Fräulein Julia Lundgren und die Verweigerung des Anekdotischen!»

Julia zuckte mit den Schultern, schob sich eine Haarsträhne aus dem Gesicht, antwortete nicht. Dafür nahm sie an den Tischgesprächen teil, die sich manchmal abends im Speisesaal des Hotels Brøndum entsponnen. Ich liebte diese Stunden, die nicht mehr zum Tag, noch nicht zur Nacht gehörten. Der Sommer war so schön, so lang gewesen, dass der August schon einen leichten herbstlichen Beigeschmack hatte. Es wurde früher dunkel, es war zu kühl, um im Garten von Anna und Michael noch draußen zu sitzen und unter den Sternen zu plaudern. Also drängten wir uns im Lichtschein der niedrig hängenden Pendelleuchte. Degn Brøndum servierte in kleinen Gläsern Aquavit oder Preiselbeerschnaps. Die Männer umgaben sich mit noch einem Blau, dem der Zigarren, wobei Julia und Martha bisweilen mittaten. Christian Krohg setzte sich ans Klavier. Die hohen Töne des leicht verstimmten Klaviers verliehen noch den abgegriffensten Romanzen etwas Ungewohntes und Drolliges, Ironisch-Sentimentales. Und oft vergnügte uns Christian mit einer musikalischen Parodie.

Eines Abends improvisierte er so zu einer berühmten Melodie ein Lied, eine komische Karikatur einerseits der «Künstler des Glücks», zu denen er sich selbst zählte neben Krøyer, Larsson, den Anchers, und andererseits der Propheten der «absoluten Kunst», unschwer als Anspielung auf Claude Monet erkennbar – vielleicht auch auf die jüngsten Hervorbringungen Julias.

Begeisterter Applaus war das Echo auf seine Vorführung. Über sich selbst und andere liebevoll zu spötteln, das war eine Lieblingsbeschäftigung im Hotel Brøndum. Auch Julia lachte herzlich; sie saß seitwärts, die Füße auf den Streben meines Stuhls, umwabert vom Rauch einer langen, schlanken Zigarre. Christian war am Klavier sitzen geblieben, uns zugewandt, er verschränkte die Arme, blickte naiv-triumphierend. Julia hielt Krohgs Blick stand, sacht lächelnd, mit leichtem Kopfschütteln. Dem gutmütigen Überschwang von eben folgte bereits jenes typische Schweigen, das bedachteren Worten vorausgeht.

«Gut gegeben, Christian», meinte Julia schließlich mit ihrer tiefsten Stimme. «Ich hoffe, du erkennst dich ebenso in deinen ‹kleinkarierten Gärten› wieder wie ich in den ‹transzendentalen Abstraktionen›.»

Sie klopfte ihre Zigarre an einen Aschenbecher – leicht, aber ihre Hand zitterte – und fügte hinzu:

«Stell mich aber bitte nicht als blutarme Intellektuelle hin, Christian. Ich bin das genaue Gegenteil. Und wenn ich nicht an eure Kunst glauben würde, wäre ich schon längst aus Skagen fort. Eins ist wahr: Ich habe schlicht keine Lust, Menschen zu malen. Vielleicht kann ich es einfach nicht!»

«Angeklagte, reden Sie sich nicht aus der Affäre heraus!», dröhnte Krøyer vom anderen Ende der Tafel und zielte mit richtendem Finger auf Julia. Zur ganzen Runde gewandt, fuhr er fort:

«Hohes Gericht, ich hatte Gelegenheit zur Inaugenscheinnahme einiger Beweisstücke, die nicht in den Prozessakten auftauchen. Es handelt sich dabei um Porträtskizzen, die die Beschuldigte in Grez-sur-Loing angefertigt hat. Nein, Ihre Weigerung, den aufrechten Affen zu malen, hat ganz und gar nichts mit Unvermögen zu tun, Fräulein Lundgren!»

Trotz seines scherzhaften Tonfalls entging keinem von uns, dass die Sache durchaus ernst gemeint war, und Julias Antwort durchbrach ein leicht verlegenes Schweigen:

«Gut, Søren, warum soll ich nicht zugeben, es reizt mich eben weniger als dich, das Glück zu malen. Für mich ist Skagen vor allem Licht, und dieses bestimmte Licht möchte ich gern einfangen, so rein wie irgend möglich, ungetrübt, überzeitlich –»

«Aber wo bleibt da das Leben, Julia?», unterbrach Anna sie und stellte ihr kleines Likörglas ab. «Wir sind alle auf der Suche nach dem Licht. Aber dieses Licht liegt auf Dingen und Menschen, die wir lieben. Was du so ein bisschen abfällig das Glück nennst, ist genau jenes sekundenlange, vergängliche Licht, das einen kurzen Augenblick lang auf unserem kleinen Schauspiel verweilt. Für mich entsteht die Schönheit einer Umgebung auch aus dem Talent der Menschen . . .»

«Ja», echote Søren. «Man darf das Leben nicht so gering achten. Schließlich ist noch nichts Besseres entdeckt worden!»

Und ermutigt von ein paar Lachern fuhr er bissiger fort:

«Ich weiß, so wie du zu reden ist gerade Mode, Julia! Nichts als das Licht soll zählen, man soll es durch sämtliche denkbaren Schattierungen führen, als gälte es zu beweisen, dass die Dinge nicht die Dinge sind – sondern einzig das Licht, einzig unser Blick. Darin liegt ja viel Wahres, aber etwas übertrieben ist es doch. Wir selber hier in Skagen und Larsson und Nordström in Grez haben die akademische Malerei bekämpft und bekämpfen sie noch, mit allem, was wir malen. Aber doch nicht, um in eine entmenschlichte Abstraktion zu verfallen.»

Sørens Stimme hatte immer schärfer geklungen, und er war ziemlich blass geworden.

«Verzeiht mir», bat er einen Augenblick darauf etwas versöhnlicher, «ich wage mich sonst nicht auf solche sturmumbrausten Gipfel. Also höre ich auf, bevor ich mich noch erkälte! Degn, hab Mitleid, einen kleinen Aquavit bitte!»

Ein bisschen Gelächter hallte noch unter der Lampe nach, aber die Verlegenheit blieb bestehen. Da ich spürte, wie allein Julia mit ihrer Auffassung stand, wie schwer es ihr war, trotz des überlegenen Lächelns, um das sie sich bemühte, wagte ich mich vor:

«Mag sein, dass ich nicht befugt bin, meine Stimme in dieser Debatte zu erheben, denn ich bin kein Maler, aber ich glaube, im Grunde ist euer Streit gegenstandslos. Ihr alle hier, und Julia auch, malt das Skagener Licht. Das Einzige, was euch trennt, ist die Auffassung vom Glück.»

Und zu Anna gewandt fuhr ich fort:

«Ich glaube nicht, dass Julia das Glück gering achtet. Nur strebt sie nicht nach Glück. Warum sollten das auch alle tun? Die Menschen vor dreihundert Jahren hätten sich nie träumen lassen, welchen Raum dieses Wort heute einnimmt. Und sie lebten trotzdem ... Jedes Mal, wenn ihr bei eurer Freiluftmalerei Männer oder Frauen posieren lasst, feiert ihr ein positives Bild vom Leben: Badefreuden, Feste, Mahlzeiten unter Freunden. Für euch ist das das Leben in Reinform. Für Julia wäre es vielleicht eine Lüge, wer weiß?»

Selbst erstaunt über meinen Wagemut, diese plötzliche Eloquenz, die mir gar nicht ähnlich sah, musterte ich die Gesichter, wurde aber aus ihnen nicht klug. Doch für den Bruchteil einer Sekunde streifte ich Julias Blick. Sie legte sich eben ihr schwarzes Umhangtuch kreuzweise über die Brust. Wir hatten miteinander geschlafen, eines Abends in der Mulde zwischen den Dünen, ohne uns vollkommen nah zu kommen. Hier jedoch, zum ersten Mal, spürte ich eine Verbindung zwischen uns.

Sundborn, Dezember 1885

Durch die Schnee- und Eislandschaft gleiten, in Pelze und Decken eingepackt, hingerissen und geborgen zugleich. Der reinste Kindertraum. Der Wagen glitt rasch auf den Kufen einher, das Knirschen auf dem harten Untergrund mischte sich mit dem dumpfen Traben der Stute.

«Jetzt sind wir in Dalarna!» Triumphierend drehte Carl sich um, die Zügel in der einen Hand, während er mit der anderen eine Klappe seiner großen Mütze beiseite schob, um gehört zu werden.

Unsere drei Köpfe wackelten sacht zur Bestätigung. Ich konnte nicht recht erkennen, was sich an der Landschaft geändert hatte. Vielleicht mehr Birken jetzt, aber sie waren so schmächtig mit ihren feinen, frostbeperlten Zweigen. Noch mehr Seen, dichter gedrängt, nicht mehr in einer Ebene, sondern hinter niedrigen Hügeln verborgen, zwischen denen unser Pferdeschlitten in Schrittgeschwindigkeit vorankam. Der dritte Tag unserer Reise! Freilich kam man nicht weit an diesen Wintertagen, an denen die Sonne erst um zehn Uhr aufging und schon um drei Uhr nachmittags wieder verschwand. Dennoch schien Stockholm mir schon nicht mehr als ein ferner Gedanke. Trotz Larssons beruhigenden Worten war die Schönheit, die ringsum herrschte, überwältigend und leicht morbid: grellweißer Schnee vor der machtvollen Sonne, in der violetten Nacht gefrorene Seen, auf denen Schatten und Dunst miteinander rangen ... Ein Traum, vielleicht aber auch ein Albtraum. Hier und da hörte man in der Nähe der Dörfer mit ihren Holzhäusern – sie waren mit jenem dunklen Falun-Rot angestrichen, von dem Carl mir so viel erzählt hatte – beim Eislaufen lachende Kinder. Meist aber herrschte Stille, das düstere Unterholz der Tannenwälder und die Schwindel erregende Empfindung, immer tieferer Wildnis entgegenzugleiten.

Ja, die Reise war eine kleine Verrücktheit. Doch wer konnte sich Carls Verrücktheiten verweigern? Julia hatte kaum Zeit, ihre Mutter zu umarmen, da redete er schon von jenem kleinen Häuschen weit draußen auf dem Land, das Karins Vater ihnen irgendwann verehren wollte, als könnte er dadurch erreichen, dass seine Tochter künftig stetiger in Schweden wohnte. Und Carl war Feuer und Flamme, wie es für ihn typisch war. Sein mitreißender Enthusiasmus hatte alle zu dem Einverständnis bewegt, dass eine dreitägige Schlittenreise durch diese Winterlandschaft etwas rundum Verlockendes an sich hatte. Wir überließen Suzanne der Obhut von Herrn und Frau Bergoo, Karins Eltern, und die Verrücktheit nahm Gestalt an. Carl hatte seinen Plan natürlich bereits gut bedacht. Vor allem unsere zweite Etappe, das Städtchen Norberg, war unvergesslich. Mit klappernden Zähnen waren wir dort eingetroffen, besorgt, weil es bereits eine Stunde vor dem Ziel dunkel geworden war. Der warmherzige Willkomm in der Herberge und Scheiben geräucherten Rentierfleisches vor einem glühenden Ofen hatten uns mit dem Dasein versöhnt. Das Erstaunlichste wartete jedoch noch auf uns. Am nächsten Tag war Lucia-Fest, und wir wurden geweckt von jungen Mädchen, die durch unsere Zimmer gezogen kamen, Kerzenkronen auf dem Kopf, und über unsere Überraschung lachten.

Das Licht. Hier oben bekam es eine neue Bedeutung, und es machte begreiflich, warum die Larssons all seine Nuancen in Grez so zu schätzen vermochten, und auch die Leidenschaft, mit der Julia auf das Blau in Skagen reagiert hatte. Mitten im Winter in Norberg war das Licht vor allem so, wie man es sich erträumte, das Licht flackernder Kerzen, das Licht eines warmen Raumes. Die Tradition des Lucia-Festes verwandelte die alte Angst davor, monatelang im Schatten leben zu müssen, in ein reines Fest.

Doch jetzt, je näher wir Sundborn kamen, schien die Sonne zu obsiegen. Es musste um die Mittagszeit sein, und der Himmel nahm einen selbstsicheren Blauton an, unter dem der Schnee glitzerte. Der Weg folgte den Windungen eines Flusses, welcher sich alsbald zu einer Ausbuchtung verbreiterte, in deren Eis drei Boote festsaßen. Darüber ragte ein großes Gebäude auf:

«Da, *Groß Hyttnäs!*», informierte Carl mit kalt objektivem Ton.

Und mit seiner üblichen Verve deutete er bald auf

eine fast baufällig wirkende Baracke, die halb verborgen hinter runden weißen Formen lag, wohl zugeschneiten Brombeerbüschen:

«Und das dort ist *Klein Hyttnäs!* Alles aussteigen!»

Ich schaute Julia an und las in ihrem Blick wie in einem Spiegel meine eigene Verblüffung, dann Amüsiertheit. Wäre Karin nicht neben uns gewesen, wir hätten laut herausgelacht. Drei Tage im Pferdeschlitten für diesen Bretterverschlag, der ganz offensichtlich seit Jahrzehnten unbewohnt war! Carl aber stapfte entzückt durch den knietiefen Schnee darauf zu und winkte uns, ihm zu folgen.

«Kommt, meine Freunde, schaut es euch an. Hier kommt unser Garten hin. Sieben Birken! Ganz klar ein Vorzeichen, das Glück verheißt. Und für den Rest werde ich eben die Ärmel hochkrempeln!»

Dann wies er auf den Fluss:

«Im Sommer wimmelt es von Krebsen! Und wir schachten ein Becken für die Kinder aus. Denn wir werden viele Kinder haben, was, Karin? Das Haus ist wie für Kinder gemacht!»

Nicht einmal bei den schwungvollsten Festen in Grez hatte ich Carl in einer solchen Stimmung erlebt. Das war keine Begeisterung mehr, sondern prophetische Trance, die ihn da mitriss, und aus seinen Augen funkelte eine neue Wärme. Ja, interessant fand ich den Ort schon, den Fluss, den Teich, den kleinen Hügel, auf dem das «Haus» stand, aber ich konnte keinen Unterschied erkennen zu dem, was wir auf der Fahrt in Dutzenden Dörfern gesehen hatten. Vielleicht herrschte hier noch mehr Raum und Einsamkeit. Doch was hier so einzigartig sein sollte, vermochte ich trotz der Schönheit in all dem Schnee und Eis nicht zu erkennen. Mir fehlte einfach die Phantasie, um mir alle Umbauten vorzustellen, die aus dieser Hütte ein Heim für eine Familie machen könnten.

Carl hingegen war schon an einem ganz anderen Ort, demjenigen, den er vor seinem geistigen Auge sah und an dem er uns als Gastgeber begrüßte, als gäbe es ihn bereits. Das eingefrorene Türschloss leistete ihm Widerstand, Carl kniete sich in den Schnee und behauchte es ausdauernd, und schließlich fügte es sich. Wir traten hinter ihm ein und stellten fest, dass das Gebäude geräumiger war, als der äußere Anschein vermuten ließ. Gefrorene Spinnweben hingen in den Fenstern, das reine Winterlicht strömte herein, und obwohl die wenigen, ländlichen Möbel ausgesprochen karg waren, lag über allem ein deutlicher Zauber – als wäre es der verlassene Palast der Schneekönigin.

Carl blieb vor einem schmalen Fenster stehen, das fern den See erkennen ließ:

«Hier kommt ein großes Aussichtsfenster hin, dann strahlt die Sonne auf die Mahlzeiten der Familie! ... und auf die Freunde, die sich hier herauswagen werden!», fügte er hinzu.

«Ich glaube, ein paar haben heute schon gezeigt, dass sie hart im Nehmen sind!», bemerkte Karin.

«Du hast Recht.» Carl wandte sich zu Julia und mir und drückte uns an seinen starren pelzgefütterten Mantel.

Als die Rührung vorbei war, meinte er:

«Ja, es ist ganz sicher verrückt, euch hier hinauszuschleppen, bei dem Wetter. Aber ich hatte so meine Gründe, sehr gute Gründe, aus denen ich mir wünschte, dass ihr als Erste das kennen lernt, was nicht nur unser neues Haus, sondern noch viel mehr sein wird.»

Er hielt sich sehr gerade. Die Hand auf die Holzkugel am Ende des Treppengeländers gelegt, mit einer Feierlichkeit, die sonst oft nur selbstironisch gemeint war. Aber davon war hier keine Spur zu merken. Er zog uns in ein Zimmer mit, auf den Dachboden, in jeden Winkel der alten Behausung. Dann waren die Nebengebäude an der Reihe, die er bereits durch Gänge und Veranden mit dem Haupthaus zu verbinden plante. Bald waren Karin und er in eine Diskussion zu diesem Thema vertieft.

Wir ließen sie in der Scheune allein. Draußen wurde die Sonne schon matter und zeichnete bis zum See einen orangen Streifen in den bläulichen Schnee. In der Ferne tönten sich die Umrisse des Waldes violett und schwarz; nur die Birkenstämme setzten in der Nähe des Bodens noch einige helle Flecken dazu. Wir gingen zum Teich. Das Eis, das zur Mittagszeit so schön belebt gewirkt hatte, nahm jetzt eine fast beängstigende Färbung an, ein undurchsichtiges Grau, da und dort von etwas Flugschnee bestäubt. Vollkommene Stille. Julia in dem langen Pelz, den Karin ihr geliehen hatte. Von der Kälte gekräuselte rote Strähnen schauten unter ihrer schwarzen Kapuze hervor, und in dem geröteten Gesicht nahmen ihre Augen jenen fast gelblichen Glanz an, den sie eines Regentages am Strand von Skagen gehabt hatten.

Wie allein wir sind, trotz der Nähe zu Carls und Karins Plänen, die sich an ihrer Begeisterung berauschen! Jeder von Larssons Sätzen hat uns weiter von ihnen entfernt. Jetzt gehört der Teich von Sundborn ganz uns: nur ein Schatten auf dem Schnee und schwarze Stille. Als wollte ich das unheimliche Gefühl verjagen, neige ich mich zu Julia, um sie zu küssen – aber im letzten Moment spüre ich, dass sie gleich das Gesicht abwendet. Das würde ich nicht ertragen, also halte ich selber inne. Starr und fröstelnd stehen wir da. Carl und Karin schmücken immer noch ihre Zukunft aus in der Scheune von *Klein Hyttnäs*. Es war so gut in ihrer Nähe, und jetzt tut es so weh ganz auf einmal. Wir drehen ihnen den Rücken zu, aber sie sind noch da. Und keinerlei Kinderrufe auf dem See von Sundborn.

Skagen, den 10. Januar 1886
Anna Ancher an Ulrik Tercier

Lieber Ulrik,

danke für deine guten Wünsche. Ich bin froh, dass du das Neujahrsfest in Stockholm bei den Larssons hast verbringen können. Sicher war die kleine Suzanne die Königin aller Feste. Ich sehe es richtig vor mir, wie du sie auf den Arm nimmst, um mit ihr den Weihnachtsbaum zu umtanzen. Hier hat natürlich Helga diese Rolle gespielt. Sie ist schon so groß! Søren sollte sich beeilen mit der Fertigstellung seines *Hip, hip, hurra!*, sonst werden ihm seine vielen Studien mit Helga auf meinem Schoß nicht mehr viel nutzen.

Ich beneide euch um diesen tiefen Schnee, von dem du in deinem Brief schreibst. In Skagen lag nur ein ganz dünner Schleier auf dem Sand, und der Wind hat ihn gleich weggeblasen. Es war fast mildes Wetter, und Michael machte mit mir einen langen Spaziergang am Strand. Natürlich fühlen wir uns etwas einsam. Søren ist in Kopenhagen, Christian in Oslo ... Wir hoffen auf die schönen Tage, da ihr alle wiederkommt. Und ich wünsche mir so sehr, dass auch Julia nächstes Jahr wieder den Weg nach Skagen findet. Kannst du ihr das ausrichten? Ich fürchte so, dass unsere Bemerkungen letzten Sommer sie uns entfremdet haben – aber ich spüre doch, dass ihre Malerei so wahr, so stark ist ...

Ich habe das schlechte Wetter genutzt und mein *Mädchen in der Küche* beendet. Helene Christensen hat mir mehrere Male Modell gestanden. Das Licht durch den gelben Vorhang ist nicht schlecht getroffen, glaube ich, jedenfalls viel besser als das, was du noch gesehen hast.

Michael schließt sich meinen Grüßen an euch alle an, an dich, Julia, die Larssons. Ob Suzanne und Helga eines Tages Freundinnen sein werden? Die Zeit vergeht so schnell, und nicht immer findet man zueinander. Aus dem, was du über Sundborn schreibst, spüre ich trotz deines Humors, wie sehr Carl und Karin sich sehnen, nach all den Kämpfen und all der Hetze quer durch Europa dort etwas zu erschaffen, einen Ort fern der zänkischen Welt, wo Malen und Leben ein und dasselbe sein wird. Eines Tages werden die Larssons vielleicht auch nach Skagen kommen oder die Anchers nach Sundborn. Von hier nach dort oder von dort nach hier – die Reise ist dieselbe.

Ein gutes neues Jahr wünsche ich dir, Ulrik. Komm wieder, wenn es schön ist.

Anna

PS Helene Christensen erwartet kein Kind mehr.

In jenem tiefen Winter, im Schnee und Eis Schwedens empfand ich erst richtig, wie stumm mein ganzes Leben war. Seit dem Tod meiner Eltern hatte ich mich von den Ereignissen und Begegnungen tragen lassen. Ich wollte mich ablenken, mir keine Gelegenheit geben, den Blick zurückzuwenden. Und ich hatte ganz sicher auch eine Begabung, mich in der Welt der anderen einzurichten. In Grez, in Skagen und Stockholm spürte ich, dass ich nicht zur Last fiel, dass mein Dasein sogar erwünscht war. Was hatte ich denn zu geben? Vielleicht nur die Fähigkeit, die anderen um ihrer selbst willen zu lieben, sie in dem zerbrechlichen Bild zu bestätigen, das sie von sich selbst hatten. Carl und Karin, Søren, Anna und Michael erwiesen mir unverstellte Zuneigung. Daraus, wie sie meinen Namen sagten, hörte ich: Du lebst nicht auf demselben Stern wie wir, aber du verstehst uns und begleitest uns. Ich konnte stundenlang schweigend neben Søren einherwandern – eines Tages waren wir von Skagen bis Tversted gegangen, fast dreißig Kilometer weit, immer am Strand. Aber ich schwieg auch gern gemeinsam mit Anna, wenn ich ihr beim Kartoffelschälen half, oder mit Karin, als wir den Weihnachtsbaum mit

Weizenähren und roten Bändern schmückten. Ich strengte mich gar nicht besonders an. Ich stellte keine Fragen, wusste von allein, wo das Schälmesser lag oder eine Schere. Ich sah zu und tat meines. Alles Weitere wurde mir einfach so geschenkt, die miteinander in Muße verbrachten Stunden, ohne Verlegenheit, in aller Selbstverständlichkeit.

Und ich sah ihnen beim Malen zu, auf eine Weise, die sie nicht störte. Erst meinten alle, ich wollte zum professionellen Beobachter ihrer Arbeit werden. In der Tat hatte ich irgendwann ein paar Artikel über die Skagen-Maler an französische Zeitungen gesandt oder über den Aufstand der jungen schwedischen Künstler um Carl Larsson. Die Veröffentlichung hatte nicht nur meine Eitelkeit befriedigt, sondern mir das beruhigende Gefühl vermittelt, dass ich bei meinen Freunden hier im Norden auch eine eigene Rolle spielte. Das Echo aber blieb recht gering – ein paar Bestellungen aus Frankreich bei Carl, sehr wenige bei den Skagenern. Dennoch schrieb ich weiter, weniger über das, was sie malten, als wie sie malten. Notizen, Augenblicksschilderungen, Stimmungsbilder. Das lichte Gras in Skagen, die Abende im Hotel Brøndum, der Schnee von Dalarna, die Lichter Stockholms. Es führte zu nichts, aber ich hatte ja auch kein Ziel, wollte keins haben. Ich hatte nur das Bedürfnis, die Zeit bei ihrem Vergehen zu beschreiben, um sie einzufangen, anzuhalten.

Mein materieller Wohlstand war ein Luxus, dessen ich mir allmählich bewusst wurde – schmerzlich bewusst bisweilen. Carl und Karin hatten unablässig mit finanziellen Problemen zu ringen, hatten Illustrationsaufträge annehmen müssen, mehr oder weniger befriedigende, wie zum Beispiel zu den *Poetischen Essays* von Anna Maria Lenngren, auf die Carl viel Zeit verwandt hatte. Doch statt sich von den Zwängen behindern und beschränken zu lassen, schienen diese ihnen nur umso mehr Willenskraft zu geben, die übrige Zeit zu nutzen und ungehindert zu malen. Ich hingegen war frei, schrecklich frei. Maître Hergot sandte mir beruhigende Briefe, in denen er mich detailliert über den Stand meines Besitzes informierte. Die Wohnung in der Rue du Marché-Saint-Honoré hatte er zu glänzenden Bedingungen an einen amerikanischen Bankier verkauft. Jetzt erkundigte sich der Notar pro forma, ob ich nicht Staatsanleihen zeichnen wollte; natürlich folgte ich wie stets seiner Empfehlung. In seinem jüngsten Brief erwog er den Verkauf des Hauses in Grez. Onkel Frédéric und Tante Agathe meinten, sie brächten «es nicht mehr übers Herz», es zu nutzen. Aus diesem Anlass wünschte man meine Anwesenheit in Frankreich, früher oder später.

Das Haus in Grez verkaufen ... Das war wie das letzte Glied einer Kette, die nach und nach zerfallen war. Ich schwebte wie im freien Raum, mitten in diesem kalten Winter. Keinerlei materielle Sorgen, genug Geld, um zu reisen, wohin und wie es mir gefiel. Der Müßiggang bestimmte mich täglich stärker, aber glücklich machte er mich nicht. Zugleich empfand ich dieses tief aus mir aufgetauchte Vergnügen an der Beobachtung und trieb die melancholische Wollust daran bis ins Absurde. Kein Wunder, dass ich die einzige Möglichkeit ergriff, diesem haltlosen, ortlosen Dasein einen Sinn zu verleihen: Ich liebte Julia. Das war ein von vornherein verlorener Kampf – Julia würde niemals jemandem gehören, das war mir nur allzu klar. Meine einzige, schwache Chance, von ihr geliebt zu werden, hätte darin bestanden, sie nicht zu lieben. Aber das war mir unmöglich. Kurze Zeit in ihrer Gesellschaft genügte, und eine ungewisse Flamme erhellte mein Leben und verlieh ihm erst echte Farbigkeit. Alles wurde einfacher. Skagen, Sundborn, Stockholm, alle Orte dienten nur dazu, ihr zu folgen; ihr Weg war der meine, so verirrte ich mich nicht.

Manchmal schliefen wir miteinander. Fast stets war es wie beim ersten Mal in den Dünen, eine Suche jenseits des körperlichen Begehrens, eine Suche nach einer anderen Sprache, die wahrer, heimlicher, schwieriger war als alle Worte. Ansonsten verbrachten wir viele Tage miteinander, jedenfalls von außen gesehen. Julia malte unzählige Male den verschneiten Garten durch den Ausschnitt des Wohnzimmerfensters im Haus ihrer Mutter in Stockholm. Ich saß beim Feuer und schrieb. Wir nahmen den Tee mit Frau Lundgren ... Wir fühlten uns wohl miteinander und mochten uns gern – ganz sicher die grausamste und schönste Art, einander nicht zu lieben.

Wie sollte Julia mich auch lieben? Ich war niemand. Sie konnte ihr Leben nicht der Liebe zu einem Menschen widmen. Ihre Leidenschaft beanspruchte sie ganz, dabei stand sie erst am Anfang ihres künstlerischen Weges. Immer stärker kritisierte sie Carls Pläne; er träumte von großen Wandbildern für das Stockholmer Museum. Sie wollte wieder nach Frankreich, Monet kennen lernen.

Ich erinnere mich genau an jenen Tag. Bei den Larssons hatte es eine lange Diskussion gegeben. Dann wanderten Julia und ich durch die Stockholmer Straßen, beide in unserer Einsamkeit eingesperrt. Der Schnee fiel schräg durchs Licht der Laternen. Julia sagte:

«Weißt du, als ich klein war, hat unser Pfarrer immer gesagt, man kann nicht zwei Herren dienen, Gott und dem Geld . . .»

Und nach einer kleinen Pause:

«Tja, und ich glaube, man kann nicht beidem dienen, der Kunst und dem Glück.»

Giverny, Juni 1886

Bei Baudy, Café und Gemischtwarenhandel. Der wilde Wein hing ein wenig über das braune Geschäftsschild mit den gelblich weißen, leicht rissigen Buchstaben. Ich mochte die etwas klirrigen Töne, die es beim Öffnen der Tür regnete.

«Bemühen Sie sich nicht, Madame Baudy, ich bin's nur!»

Die Pensionsgäste durften unbewacht dieses warme Allerheiligste betreten, in dem es nach Fenchel und den ersten Erdbeeren duftete, die jemand um die Ecke im umfriedeten Garten gepflückt hatte. Manchmal unterbrachen ein paar Bauern, die am Tresen ein Glas Weißen nahmen, ihr vertrautes Gespräch für einen Augenblick.

Meist aber hatte ich Gelegenheit, ganz allein eine Nase voll des dörflichen Frankreich und seiner Duftfülle zu nehmen. Und was für ein entzückendes Durcheinander bei den Baudys herrschte! In dem dunklen Raum mit der niedrigen Decke hatte man so schlecht und recht Platz für ein paar kleine Kaffeehaustische gefunden, die jetzt dicht an den Tresen gedrängt standen, hinter dem eine bunt zusammengewürfelte Welt wartete, voller geheimer Rituale, ahnungsvoller Gerüche. Ein hoher Butterkloß, eine Käseglocke aus Fliegengitter, ein Steinguttopf für den Verkauf von losem Senf, Kisten, randvoll mit Obst und Gemüse. Der Höhepunkt war jeweils der Tag, wenn der alte Baudy Kaffee röstete. Der Duft, der sich dann erhob, machte den ohnehin schon so anheimelnden Ort vollends zur Quintessenz der genüsslichen Verheißungen, zu einer Art sinnlich-poetischem Schlaraffenland, das die Erfüllung, die Nahrungsaufnahme selbst, fast schon lächerlich erscheinen ließ. Nein, das Beste war, ein paar Sekunden heimlich auf der Schwelle zu stehen und zu schnuppern, in der Musik der Türglocke, die wie endlos weitertröpfelte.

Madame Baudy gab allerdings ihr Bestes, um Farben und Düfte abends bei Tisch weiter zur Geltung zu bringen. In den acht Tagen, die Julia und ich hier wohnten, hatte es Hasenpastetchen und gefüllten Kapaun gegeben, karamellisierte Apfelkuchen und Kirschauflauf.

Als die einzigen Pensionsgäste hatte man uns bald an den Tisch der Gastgeber geladen, und bald war eine traute Stimmung entstanden, als hätten wir die Baudys schon ewig gekannt. Sie stellten keine Fragen, waren aber heftig interessiert, wenn Julia irgendetwas aus dem «rosa Haus» berichtete.

«Ich war zwei-, dreimal da, Gemüse liefern. Monsieur Monet passt genau auf, was in seinen Potaufeu kommt!», meinte der alte Baudy. «Der Eintopf und der Sancerre! Den trinkt er lieber als Champagner. Früher hat er ihn aus Paris kommen lassen. Aber seit er meine 82er Cuvée Montfleury kennt, kennt er nur noch die!»

«Marguerite hat mir einmal alles gezeigt, als die Herrschaften nicht da waren», echote seine Frau träumerisch. «Schon ein bisschen seltsam, diese ganzen Farben, die blaue Küche, das gelbe Esszimmer, so etwas kennen wir ja nicht. Ihre Kinder kommen oft zu uns. Sehr höflich sind sie, seine Jungen genauso wie die kleinen Hoschedé-Madamchen. So hübsch sind sie und gar nicht eingebildet.»

Ich war immer etwas frustriert, wenn das Gespräch wieder auf Claude Monet und Alice Hoschedé, seine Lebensgefährtin, kam, die sich vor einiger Zeit im Dorf niedergelassen hatten. Als Einziger am Tisch hatte ich noch nicht die Ehre eines Besuchs in dem rosa Haus gehabt. Julia ging täglich dorthin; wenn sie zurückkam, hatte sie glänzende Augen und keinerlei Gedanken mehr für irgendetwas, das nicht mit Monet, seinem Leben und Werk zu tun hatte.

«Weißt du», hatte sie gleich am ersten Tag gesagt, «er ist wirklich genau so, wie ich gehofft habe. Er unterstützt mich bei meiner Suche ... Wir werden gemeinsam malen ...»

Sie malten miteinander, frühmorgens, den ganzen Tag lang. Doch anders als in dem bohemehaften Überschwang von Grez oder der gastfreundlichen Wärme von Skagen fand die Kunst hier wie hinter Gittern statt, die mich ausschlossen. Freilich ist das nicht ganz wahr, denn manchmal nahm Monet Julia ins Freie mit, und sie malten am Ufer der Epte, des kleinen Flüsschens. Doch auch dann traute ich mich nicht in ihre Nähe. Meine Angst, sie zu stören, ließ mich umso stärker empfinden, mit wie viel Selbstverständlichkeit Krøyer, Larsson und all die anderen dieselbe Situation gehandhabt hatten.

Außerdem scheute ich vor Monet zurück, den ich für nicht sehr umgänglich hielt; seine struppige Gestalt, die hie und da von fern zu sehen war, lud nicht zu Vertraulichkeiten ein. Trotz seines Auftretens als Gentlemen-Farmer, seiner weichen Jacke, seiner schlabberigen Kordhose und des langen ebenso studentisch wie prophetenhaft wirkenden Barts spürte man, dass er sich deutlich seiner Rolle und Wichtigkeit bewusst war. Auch die Art, wie er nacheinander die Grundstücke von Giverny aufkaufte, hatte etwas Despotisches an sich, das mir missfiel. Doch warum viele Gründe suchen für meine Abneigung? Er nahm mir Julia und bot ihr alles, wonach sie sich sehnte – das genügte, um ihn zu verabscheuen, ohne ihn zu kennen.

Den ganzen Tag durchstreifte ich die Hügel über dem Dorf, umging dabei den Fluss, wo ich die beiden hätte sehen können. Es herrschte schönes Wetter. Um die Schulter trug ich eine Tasche mit einem «kleinen Imbiss», wie Madame Baudy es bescheiden nannte. Ich setzte mich ins hohe Gras, las, schrieb. Meist tat ich nichts, saß stundenlang da, die Landschaft zu meinen Füßen, und träumte den Wolken nach. Ich wusste wohl, dass meine Bereitschaft, mich von allem durchdringen zu lassen, zu den Dingen zu werden, ohne mir selbst etwas abzuverlangen, nicht ungefährlich war. Es war schön hier. Die Landschaft war so elegant wie die Île-de-France und so üppig wie die Normandie. Es war die wunderbare, kurze Zeit, in der die Flachsfelder blühen. Auf diesem blassgrünen, im lichten Wind sich regenden Ozean spielte eine hauchleichte Nuance Blau im Licht, verstärkte sich, verblasste. Leinblau: eine ungreifbare Welle, sie schwamm auf einem eigenartigen Grün, wassergleich geschwungen. Ich dachte an Skagen ...

Skagen fehlte mir. Dort fühlte ich mich zu Hause, und ich hatte den Strand, den endlosen. In Giverny hieß es abends brav zurück in den Ort hinuntergehen, zu einer wie verwandelten, begeisterten, gesprächigen Julia, die sich wunderte, dass ich so wenig Schwung hatte.

Eines Abends war sie ganz besonders hingerissen:

«Ulrik, jetzt musst du deine Abneigung gegen Monet über Bord werfen. Weißt du was? Er lädt uns beide morgen zum Essen ein!»

Eine Nachricht, die mich nicht weiter erfreute. Ich musste gute Miene machen gegenüber dem großen Mann, dulden, wie er gottgleich über seinen ergebenen Tempel herrschte. Statt mich zu freuen, wie Julia gehofft hatte, bemäkelte ich ihre Art, ihn «Monet» zu nennen, wie manche Ehefrauen, wenn sie von ihrem Mann reden, nicht «Monsieur Monet».

«Du irrst dich vollkommen, Ulrik. Alle nennen ihn so. Sogar die Kinder, sogar Breuil und Lebret, die Gärtner! Warum vergleichen? Er ist anders als alle anderen. ‹Monet› eben, fertig.»

Wohl oder übel, ich musste mich mit der Aussicht anfreunden, morgen zu «Monet» zu gehen. Und obwohl die Faszination, die er auf Julia ausübte, mich quälte, empfand ich ja doch eine gewisse Neugier, den Oberimpressionisten mitten in seinem Reich zu erleben.

Die Schwertlilien waren am Verblühen. Ich kannte nur die geläufigste, dunkelviolette Art, die in Grez vor Großmutters Haus zwischen den Pflastersteinen wuchs. Aber das war gar nichts gegen die wogende Üppigkeit, die mich vor dem rosa Haus erwartete. Weiße Iris mit blauen Spitzen, andere karminrot mit gelber Äderung, wieder andere granatfunkelnd oder cremeweiß. Und unten, zur Epte sich neigend, eine Pappelreihe entlang, ein ganzes Feld voll Iris! In hohen, derben Schuhen, die seine Kordhose bis zur halben Wade umschlossen, führte mich Monet sogleich über seinen gesamten Besitz. Einerseits plauderte der Herr des rosa Hauses im Eiltempo darauflos, schilderte, wie er alles hatte umbauen lassen und welche Pläne er noch hatte. Andererseits fühlte man sich neben ihm trotz seiner vereinnahmenden Art schnell wohl. Er hatte etwas bärbeißig Joviales an sich; das war ein schöner Kontrast zu der Verehrung, mit der jeder ihm begegnete.

Als wir das Ende der Irisalleen erreicht hatten, wies er mit ausgreifender Rundumbewegung auf das gesamte Gelände bis hinunter zum Fluss:

«Später lasse ich da einen Teich ausheben und lege eine Kultur Seerosen an. Für die Augen ... und als Motiv meiner Bilder natürlich.»

Viel war darauf nicht zu antworten. Ich hörte ihm zu, warf manchmal eine Frage ein. Ich hatte mir umständliche Erklärungen meiner eigenen Situation zurechtgelegt, konnte sie aber nicht anbringen. Ich war Julias Freund, das genügte ihm. Wir kamen wieder zum Haus, traten unter die Bogen, an denen die ersten Kletterrosen aufblühten. Alice Hoschedé kam uns entgegen, sehr schlicht und freundlich, in einem langen, dunkelblauen Kleid, einen Haarknoten hoch am Hinterkopf. Dann tauchten Suzanne, Blanche und Germaine auf der Veranda auf, alle drei in Weiß; sie waren Gäste offenbar sehr gewohnt, denn die Vorstellung geschah rasch und wie beiläufig, auf eine Weise, die mir sehr entgegenkam. Ich wartete auf Jean und Michel, Monets Söhne, aber sie waren an dem Tag in Paris, und so begaben wir uns in rein weiblicher Begleitung zum Essen. Welch ein Fest des Lichts in diesem großen, hellen Raum, in dem alles strahlend gelb war, Wände, Stühle, Tischtuch! Die beiden bodentiefen Terrassentüren standen weit offen und ließen die Wärme ein, und der Garten jenseits der Veranda schien samt all seinen Lilien mit zu Gast zu sein.

Mitten auf dem Tisch stand ein Strauß blauer Schwertlilien und erinnerte zugleich an den Garten und an die Farbe der benachbarten Küche. Das Dekor der Teller und auch der Keramik-Funkenschutz vor dem offenen Kamin waren im selben Blau gehalten.

All das verströmte eine Harmonie, die dem Betrachter den Eindruck von Frische und Klarheit vermittelte. Es war sehr schön, sehr bewusst abgestimmt, und zugleich vergaß man nicht, dass im Eingang neben den Spazierstöcken die Gartenschuhe in buntem Durcheinander standen, man hörte die Herdringe in der Küche klappern, roch gebratene Zwiebeln: All das Raffinement zielte auf ein gutes Leben ab.

Meinem kontemplativen Temperament sei Dank, hatte ich es leicht wie wahrscheinlich nie zuvor. Ich brauchte nur Monets Ausführungen höflich beizupflichten, zuzuhören brauchte ich nicht. Ich schwebte, leicht vom Wein benommen, ließ mich sacht in jenen schläfrigen Wachzustand gleiten, auf den ich mich verstand, ging ganz in der verblüffenden Opulenz von Düften, Geschmäckern, Farben auf und löste mich mühelos von der menschlichen Komödie, die eigentlich nur der Vorwand zu dieser Komposition war.

Monet unterbrach seinen Redefluss nur, um befriedigt eine Schüssel zu betrachten, die Marguerite auf den Tisch gestellt hatte.

«Schnitzel Foyot!», verkündete er triumphierend. «Die gelingen Marguerite immer ganz vorzüglich. Der Weißwein, die Zwiebeln und der Käse sind genauso wichtig wie die Schnitzel selbst! Außerdem», fügte er mit gespielt entschuldigendem Schulterzucken hinzu, «liebe ich Gratins einfach.»

Bald aber wandte sich die Konversation wieder malerischen Erwägungen zu. Ich musste meine zufriedene Lethargie einen Moment lang beiseite schieben, um Monet zu beruhigen und zu versichern, dass ich Julia auf jeden Fall zureden würde, auf dem «Königsweg» zu bleiben, den sie eingeschlagen hatte.

Offensichtlich war das die einzige Funktion, die der Schöpfer von *Impression, aufgehende Sonne* mir auf Erden zugedacht hatte.

Sein Nachdruck sorgte dafür, dass meine Träumerei sich Julia zuwandte. Ich liebte sie. Ihre Leidenschaft für die Kunst machte mir jegliche Hoffnung unmöglich. Ich war kein Künstler und wusste nur zu gut, dass sie ausschließlich jemand Schöpferisches würde lieben können. Sollte ich ein anderes Spiel beginnen und mich neben ihr als Verfechter irgendwelcher hoher Ziele versuchen? Ein wenig verloren saß ich vor meinem Aprikosensoufflee.

Schwere, mit allen Düften des Gartens beladene Hitze waberte über den Tisch. Manchmal war aus dem nahen Geflügelhof das Kollern eines Truthahns zu hören. Germaine, Suzanne und Blanche überlegten laut, ob sie eine Bootspartie unternehmen sollten, doch Monet unterbrach sie:

«Germaine und Blanche, ihr könnt rudern, so viel ihr wollt, aber dich, Suzanne, brauche ich heute Nachmittag!»

Nicht einmal der Schatten von Enttäuschung war auf Suzannes Gesicht zu erkennen. War sie derart geschmeichelt, dass sie ihrem Stiefvater Modell stehen sollte, oder war diese Fügsamkeit die Frucht gebieterischer Autorität? Die Frage blieb mir unbeantwortet, während wir draußen Kaffee tranken, auf den Stufen der kleinen Treppe zum Garten sitzend. Eben führte Alice das Gespräch. Der Herrscher des Ortes wirkte abwesend, ein wenig nervös, als fände er, dass die Zerstreuungen nun lange genug gedauert hätten.

«Alice», unterbrach er sie jäh, «holst du mir bitte meinen großen blauen Schal?»

Madame Hoschedé verschwand, alles stand auf. Im Eingang nahm Monet einige Strohhüte und setzte sie nacheinander mit prüfendem Blick Suzanne auf den Kopf.

«Würdest du bitte deinen Sonnenschirm nehmen, Suzanne? Julia, es wäre mir äußerst lieb, wenn Sie mit Malkasten und Staffelei mitkämen. Mir schwebt da etwas vor, das für Sie eine hervorragende Übung sein könnte.» Etwas milder fügte er hinzu: «Es ist ein Stück zu gehen, aber ich bin sicher, Ulrik ist bereit, Ihr Material zu tragen. Unser Ziel ist die Mündung der Epte.»

So begaben wir uns, nachdem wir kurz im Café Baudy vorbeigeschaut hatten, zu viert auf die schmale weiße Landstraße, die jetzt, am frühen Nachmittag, still und verlassen dalag. Die Sonne brannte und der Weg erwies sich als recht weit, aber Monet schien das nicht anzufechten; er pfiff vor sich hin, so zufrieden, wie ich ihn bis dahin noch nicht erlebt hatte.

«Da», meinte er endlich und wies auf eine Böschung über dem Flüsschen.

Ich konnte nicht erkennen, was der Ort so Besonderes an sich haben sollte, dass man über eine Stunde durch die Hitze wandern musste, aber die Wege der Kunst sind eben manchmal unbegreiflich.

«Diesmal schaust du nach links», sagte Monet zu Suzanne, während er sie die Böschung hinaufführte. «Den Sonnenschirm lehnst du dir bitte an die Schulter, so, dass er dich bis zur Taille beschattet. Ja, so. Warte einen Augenblick.»

Er nahm den blauen Schal, wickelte ihn so um den Hut, dass ein langes Ende auf die Schulter des Mädchens hing und im Windhauch, der hier etwas stärker wehte, zu flattern begann.

«Perfekt!» Er drehte sich zu Julia um. «Wir stellen uns dort unten hin. So haben wir einen großen Teil Himmel als Hintergrund, und wenn die Kumuluswolken dann freundlicherweise noch in ihrem Lauf fortfahren wollen . . .»

Beide stellten ihre Staffeleien in den bereits reifenden Weizen. Suzanne war wunderschön, wie sie in dem Kleid dastand, das ein breiter Gürtel an der Taille fasste. Monet und Julia aber behandelten sie nur noch wie schmückendes Beiwerk.

«Ja, den Schirm noch etwas tiefer. So verschmilzt der beleuchtete Teil des Kleides mit den Wolken . . .»

Suzanne gehorchte folgsam, offensichtlich an lange Sitzungen als Modell gewöhnt – ganz anders als die Skagener Fischerjungen, denen Christian Krohg durch die Dünen nachjagen musste! Offensichtlich setzte Julia ihre Ehre daran, Monets Leinwand mit keinem Blick auch nur zu streifen. Ich stand einige Meter hinter ihnen und konnte beobachten, wie zwei einander sehr ähnliche Werke entstanden. Beide vernachlässigten die Details des Gesichts und sogar der Hände und schenkten ihre gesamte Aufmerksamkeit den winzigen Blaunuancen des Schals, nur eine kleine Idee dunkler als der Himmel, und den verschiedenen Texturen, dem seidigen Cremeweiß des Kleides und der dicken Wolke, die sich dahinter schob. Dennoch erinnerte mich diese fast abstrakte Gestalt an eine andere Frau, vielleicht an ein anderes Bild. Es war nur eine diffuse Empfindung, aber ich spürte, dass sich ein wichtiges Geheimnis dahinter verbarg. Nicht wegen eines Zusammenhanges mit einem Bild meiner Freunde aus Grez oder Skagen, nein, es war ferner, hatte wohl mit der Zeit zu tun, da mein Vater mich in die Museen und Galerien mitnahm, in denen ich mich so gelangweilt hatte.

«Jetzt haben wir uns eine kleine Pause verdient!» Monet legte den Pinsel ab, reckte sich gründlich, die Hände ins Kreuz gestemmt, und trat dann an das Köfferchen voller Fläschchen, Tuben und Lappen, aus dem er eine Flasche zog, welche in ein feuchtes Tuch gehüllt war, und einige gedrungene Gläser. Wir nahmen zu viert im Schatten einer Linde Platz, deren Duft sich mit dem Geschmack des Mandelsirups mischte. Es war so heiß, dass wir langsam und wortlos tranken, und Monets Flasche war bald geleert. Das Mandelaroma erinnerte mich an Grez, wo Monsieur Chevillon im Sommer nie vergaß, mir ein Glas zu kredenzen. Das Getränk stillt nicht wirklich den Durst, sondern überzieht ihn mit seinem matt-süßlichen, anhaltenden Aroma.

«Seltsam», sagte Julia schließlich mit einem Blick auf Monets Gemäldeskizze. «Wir haben uns nicht abgesprochen, und trotzdem haben weder Sie noch ich die Gesichtszüge gezeichnet.»

«Und dabei werden wir es auch bewenden lassen, glauben Sie mir!», pflichtete Monet bei. «Ich habe genau hier schon ein anderes Bild gemalt, auf dem Suzanne nach rechts schaut. Dort habe ich Nase und Augen undeutlich angelegt, aber heute erkenne ich, dass auch das noch zu viel war. Verzeih mir, Suzanne, aber das Geheimnis deiner Figur, deiner Erscheinung vor diesem Himmel werde ich nicht in deinem Gesicht suchen, so hübsch es auch ist . . .»

Und Monet redete weiter, unerschöpflich, es war offenbar sein Lieblingsthema. Julia sah mich eindringlich an, ihr Blick war unschwer zu deuten. Natürlich war alles, was der Mann aus Giverny sagte, eine Antwort auf die Attacken, die Julia an jenem Abend unter der Lampe im Hotel Brøndum hatte über sich ergehen lassen müssen. Ich hingegen verspürte in mir einen noch wortlosen Widerspruch, dem es nur an Argumenten fehlte, um sich zu artikulieren. Suzsanne gab dem Gespräch durch ein mehr gespieltes als wirkliches Schmollen eine andere Wendung – es war ja auch wirklich frustrierend, stundenlang für ein Bildnis Modell zu stehen, das einem dann überhaupt nicht ähnelt!

Monet neckte sie freundschaftlich und wohlgelaunt. Bald wurden die Wolken dichter und der Wind schien ein Gewitter anzukündigen.

«Wir müssen aufbrechen, wenn wir nicht nass werden und unser Werk zerstört sehen wollen!»

Eine anmutige kleine Panik, überhastete, einander zunichte machende Bewegungen, dann ein Aufbruch, der fast etwas von einem Rennen an sich hatte. Die Sonnenschirme wurden geöffnet, jetzt allerdings als Regenschutz, als die ersten schweren Tropfen fielen und die Düfte der Landschaft verstärkten.

Regenduft konnte schon immer die Erinnerung befördern. Genau jetzt kam mir das Bild in den Sinn, nach dem ich gesucht hatte. Aber ja! Fast dasselbe Bild, ebenfalls von Monet. Es war mehr als zehn Jahre her, im Salon des Indépendants. Mein Vater hatte lange begeistert vor diesem Bildnis von Camille gestanden, Monets erster Frau, ebenfalls im langen weißen Kleid, an einer Böschung, mit Sonnenschirm. Damals hatte ich nur in seine Begeisterung eingestimmt, weil er mich dazu aufforderte, aber jetzt trat es mir ganz gegenwärtig vor das innere Auge. Der lange blaue Schal, aber auch der intensive Blick unter der Hutkrempe. Camille war mittlerweile gestorben. War es Monet bewusst, dass er diese Frau wieder suchte, jetzt in Gestalt Suzannes? Welcher seltsame Drang bewog ihn dazu, das Vergangene wiederzufinden, aber seinen Blick auszulöschen? Die Theorien des Propheten verbargen einen uneingestandenen, schmerzlichen Riss. Vor dem rosa Haus hatte der Regen alle Lilien niedergedrückt.

An jenem Abend brach in dem kleinen Zimmer im Café Baudy der lange Streit aus, der Julia und mich schließlich entzweien sollte. Leben wir denn eigentlich noch miteinander? Julia wollte einfach nicht hören, was ich ihr über diese Frau mit dem Sonnenschirm zu erzählen hatte, die für mich nichts anderes war als eine kaum verhüllte Camille, ein Bild aus der Erinnerung. Ohne Erfolg versuchte ich ihr begreiflich zu machen, wie sehr diese unbewusste Suche mich rührte. Aber diese Vorstellung war für Julia wie ein Peitschenhieb gegen ihre neuen Gewissheiten, gegen all die Theorien, die sie von Monet übernommen hatte. In ihren Augen war ich missgünstig und wollte den Künstler kleinreden – sie wollte übrigens nicht einmal sicher sein, dass es jenes andere Bild wirklich gab. Und ich konnte nicht glaubhaft behaupten, dass ich mich so genau erinnerte, an eine Zeit, in der die Malerei mich angeödet hatte.

Während Julia zwischen Bett und Schrank auf und ab wanderte, während ihre Wut immer weiter wuchs, entstand in mir ein eigentümliches Gefühl.

In Skagen hatte ich sie gegen Søren Krøyers und Anna Anchers Vorwürfe verteidigt, so gut ich es vermochte – sie war so allein! Jetzt aber spürte ich, wie nahe ich meinen Skagener Freunden war, nahe auch den Larssons. Nein, die Kunst stand nicht über dem Leben. Die erlebten, auf Leinwand gebannten Momente waren nicht nur Zufälle des Lichts. Sie drückten eine Haltung zum Leben aus, die nichts war ohne zärtliche, liebevolle Empfindungen für die Menschen um einen herum. Das hatte Monet mir gezeigt, das war sein Verdienst. Jetzt wusste ich, zu welcher Partei ich gehörte. Ich musste mich von Julia trennen, musste sie allein mit ihrem Meister zurücklassen. Es war meine einzige Chance. Eines Tages würde sie vielleicht begreifen, zu welch hohem Preis sie meine, unsere Welt verlassen hatte. Und würde zu uns zurückkehren ...

Ich hatte in Giverny nichts mehr verloren. Am nächsten Tag zog ich aus. Julia schlief noch. Ich legte ihr einen kurzen Brief auf das Kaminsims. Der Duft des frisch gerösteten Kaffees begleitete mich auf die Straße.

Im Bahnhof von Vernon fuhr gerade der Zug, der mich nach Paris bringen sollte, unter einer weißen Dampfwolke ein. Ich fühlte mich sehr frei, bis zu dem Moment, in dem der Pfiff des Bahnhofsvorstehers mich mit seinem «Nie mehr!» zerriss.

Onkel Frédéric und Tante Agathe wollten also den Sommer nicht mehr in unserem Haus in Grez verbringen. Meine Cousinen waren erwachsen geworden, zwei bereits verlobt. Sie wollten verkaufen. Ich meinerseits wusste nicht recht. Das Haus mit dem Kirschbaum für immer zu verlieren, das wirkte so logisch; es passte zu diesem allmählichen Untergang von all dem Vertrauten, den ich seit einiger Zeit erlebte. Aber es lockte mich, einen letzten Sommer allein dort zu verbringen. Eines schönen Tages Ende Juni ging ich Éponine entgegen, die mich im Schatten der Linden vor dem Bahnhof von Nemours erwartete. Monsieur Chevillon persönlich hielt ihre Zügel; er saß auf dem kleinen Wagen, den ich so gut kannte. Er überließ sie mir für die Fahrt, und wir plauderten über dies und das, wie zwei alte Freunde. Manches würde ich verändert vorfinden. Alle skandinavischen Freunde hatten das Hotel verlassen, nur noch zwei amerikanische Maler führten die Tradition der Künstlerboheme fort. Deutliche Verbitterung war aus den Worten des alten Chevillon zu hören. Aber sie berührte mich nicht besonders. Ich kam nicht nach Grez, um der Illusion einer verlorenen Zeit nachzujagen.

Éponine war etwas grau geworden, aber zwischen den Pappeln hallte ihr Trab noch immer genauso munter. Im Hotel musste man sich nach wie vor unter den Kletterrosen verbeugen, die Pforte öffnete sich mit demselben leisen Quietschen. Auf der Terrasse saßen Hotelgäste, die ich nicht kannte, friedlich plaudernd vor Gläsern mit Absinth oder Sirup. Durch die Kastanienzweige fiel Sonnenlicht und schuf Flecken auf den lebhaft grün gestrichenen runden Tischen. Ich saß lange am Ufer, meine beiden Reisetaschen im Rücken.

Ein paar Worte mit Chevillon, mit Léonie, die noch tauber war als zuvor. Dann wieder Stille. Nur noch das Plätschern einiger Ruderer in der Mitte des Loing.

Ich beendete meine Träumerei erst, als die Sonnenstrahlen unter den Brückenbogen hindurchfielen.

«Ulrik, willst du denn wirklich nicht wenigstens für diese eine Nacht im Hotel bleiben? Drüben ist alles schon so lange verschlossen . . .»

Nein, ich wollte nicht. Die Chevillons waren herzlich wie stets, aber ich wusste nur zu gut, dass sich das Gespräch abends in traurigen Erinnerungen ergehen würde. Die letzte Zeit Strindbergs in Grez, die mehr oder weniger offen besprochenen Skandale um die beiden Däninnen, all das fand ich schon im Voraus schrecklich.

Außerdem wartete das Haus auf mich. Schon als ich es von ferne erblickte, mit den schweren Taschen beladen, musste ich unwillkürlich lächeln. Aber verändert hatte es sich! Zwei Jahre ohne Pflege hatten genügt, und das kleine runde Beet vor dem Eingang war das reinste Brachland. Hohes, gelbes Gras wucherte durch Zaun und Torgitter. Der wilde Wein umrankte bereits die geschlossenen Fensterläden und kroch auf das Dach. Das eingerostete Vorhängeschloss am Gitter sträubte sich, aber die Drehung des Schlüssels in der Tür war mir vertraut. Und der Duft war noch da. Verstärkt durch Feuchtigkeit zwar und durch die mangelnde Heizung, aber dennoch voll mit Ahnungen, die ich nie auseinander zu dividieren versucht hatte, weniger Düfte als Gegenwärtigkeiten. Alte Holzmöbel, salpetrige Wände rochen nach dem wilden Lauf einer meiner Cousinen die Treppe hinab oder nach einem Regentag im Hochsommer, bei Großmutter mit einem Buch im Wohnzimmer verbracht.

Meine Rückkehr in das Sommerhaus war nicht traurig. Keinen Gespenstern begegnete ich, sondern erstaunten Empfindungen, die sich wunderten, dass sie nach so langer Stille noch überlebt hatten. Für die erste Nacht machte ich mir mehr schlecht als recht ein Bett in dem kleinen Mansardenzimmer, in dem ich früher mit meinen Cousinen geschlafen hatte. Mit sieben, acht Jahren fürchtete ich mich vor dem Schlaf, aus einer vollkommen unbegründeten Angst, ich könnte erblindet aufwachen. Ich erzählte niemandem davon – meine Cousinen machten sich immer so leicht über mich lustig! Aber einzuschlafen war mir ein Albtraum in diesesm Ferienhaus, fern von der behütenden Mutter. Also lauschte ich all den nächtlichen Geräuschen, den knisternden Balken, den kaum gedämpften Schritten eines Erwachsenen, der sich unten in der Küche ein Glas Wasser holte. Heute gab es nichts mehr zu fürchten, und ich verbrachte längere Zeit damit, den Regungen des großen Gebäudes nachzuspüren. Direkt über mir auf dem Speicher vollführten Fledermäuse eine fröhliche Jagd. Dann schlief ich lange und erstaunlich tief, wie ein Kind. Die Mansarde war prall von schrägen Sonnenstrahlen erfüllt, als ich aufwachte. Als ich das Fenster geöffnet hatte, hörte ich die typischen Geräusche, die Sommertagen vorausgehen wie eine frische Verheißung.

Von diesem Moment an wusste ich, das ich bleiben würde. Jetzt musste ich mich erst einmal um das Haus kümmern, eine ganz neue Rolle für mich. Mit Vergnügen öffnete ich die Läden, pflückte um jedes Fenster geduldig die Weinranken ab. Kaum notdürftig angezogen, schlüpfte ich in die alten Stiefel meines Vaters und ging in den taufeuchten Garten, wo das Gras halb wadenhoch stand. Die Himbeeren hatten fleißig gewuchert und den größten Teil des Gemüsegartens überwachsen. Die Zweige waren zu lang und lagen teils auf dem Boden, aber die Früchte waren unversehrt, samtig, mit jugendlich-frischem Geschmack unter der pelzigen Oberfläche. Der alte Kirschbaum neben der baufälligen Gartenlaube hing voller «Taubenherzen». Gleich würde ich ins Hotel Chevillon frühstücken gehen und danach meine Einkäufe erledigen. Abe ich hatte keine Eile. Es gab Himbeeren und Kirschen, und hinten am Ufer des Flusses hatte die Sonne bereits den Nebel aufgetupft. Ich fühlte mich als Herr des Ortes. Natürlich plante ich mitnichten, alles in Stand zu setzen, das Gras zu sensen oder sämtliche Fensterläden zu richten, sondern nur gerade so viel, um in Ruhe hier leben zu können, ein freundlicher Gast für eine Weile.

So knüpfte ich auf einmal an etwas an nach zwei Jahren Irrfahrt. Und die Tage zogen vorüber, reglos im Sommer. Bald wunderte sich in Grez niemand mehr, dass ich nun in dem verlassenen Haus wohnte. Ein kleiner Plausch mit dem alten Père Fanchard, dann und wann ein Abend im Hotel Chevillon, das genügte, um mein Bedürfnis nach Geselligkeit zu stillen. Ich konnte schon seit jeher gut allein sein, und jetzt auf einmal bereitete es mir ein tiefes Vergnügen, das mich eigentlich nicht hätte überraschen sollen. Maître Hergot schrieb verschiedene Briefe, um über den Stand meiner Finanzen zu berichten; auch hatte er das eine oder andere Angebot für das Haus eingeholt. Ich stellte mich taub, schob verschiedene Arbeiten vor, die gemacht werden müssten, bevor Besichtigungen möglich seien.

Doch kein einziger Handwerker betrat das Haus mit dem Kirschbaum. Dass mir ja niemand meine schöne Ruhe stören kam! Ich bastelte ein wenig herum, lauter Kleinigkeiten, strich ein Mauerstück neu, wo der Salpeter allzu sehr geblüht hatte, baute die Gartenlaube wieder auf. Mit genüsslicher Muße ging ich ungewohnten Beschäftigungen nach, ohne die Standuhren im Haus aufzuziehen oder je auf meine Uhr zu schauen. Abends setzte ich mich auf die Eingangstreppe und trank einen Glühwein.

Und ich begann zu schreiben. Mit neuem Schwung widmete ich mich allem, das ich geschrieben hatte, den Notizen aus Skagen, Stockholm, Giverny. Es schien mir nützlich, mich um Details zu kümmern, solange die Erinnerung an meine Aufenthalte dort noch frisch war. Ich hatte so vieles beobachtet, war Gast der Kunst gewesen und wollte nun nicht die Stunden in Vergessenheit versinken lassen, in denen vor meinen Augen Bilder entstanden waren, oder all die leidenschaftlich geführten Gespräche. Ohne die Unvereinbarkeit, die ich kürzlich zwischen Julias und Monets Welt und derjenigen von Krøyer und den Larssons erkannt hatte, hätte ich dieses Bedürfnis wahrscheinlich nicht verspürt. Ich schrieb viele Briefe und hob die Antworten sorgfältig auf. Die Artikel, die ich verfasste, wurden von den Kunstzeitschriften begierig abgedruckt, da ihre Heftigkeit einen Streit verschiedener Schulen anzukündigen schien, der tatsächlich nicht lange auf sich warten ließ. Dann ging es darum, jeden Anschein von Rückwärtsgewandtheit zu vermeiden und die Diskussion auf eine andere Ebene zu heben, was mir recht gut gelang, indem ich zu zeigen versuchte, dass die Leidenschaft für das Licht nur Sinn hatte, wenn sie sich mit Liebe zum Leben verband. Natürlich nahmen die glühenden Verteidiger Monets diesen Fehdehandschuh sofort auf, und diese zeitversetzten schriftlichen Duelle brachten eine neue Tonart in mein Einsiedlerdasein. Freilich spürte ich, dass meine Liebe zu Julia in meinen heißblütigen Plädoyers eine Rolle spielte, aber ich meinte es nicht böse. Irgendwann würde sie mir sicher beipflichten.

So verstrich die Zeit. Der Herbst überraschte mich in Grez; immer noch musste einiges am Haus getan werden. Der Dachdecker hatte es im Sommer nicht geschafft, war aber dringend nötig. Brauchte ich denn solche Vorwände? Ich machte Feuer in dem großen schwarzen Kamin des Wohnzimmers. Der Winter kam wie von selbst. Wie schön die Frostmorgen waren am Ufer des Flusses! Jede Woche einmal lieh ich mir den Wagen des Père Fanchard aus und fuhr nach Nemours zum Bahnhof. Das bunte Pariser Leben mit Zeitungen und Kunstgalerien brachte mir an einem Tag so viel Wirbel und Aufruhr, dass ich mich schon wieder nach dem Duft der Äpfel auf den Regalbrettern sehnte. Wer es wählt, allein zu leben, ist nicht einsam. Ich hatte Äpfel bis in den Januar. Und im März schneite es bereits wieder: die Blüten des Pflaumenbaums.

Stockholm, am 4. Mai 1887
Carl Larsson an Ulrik Tercier

Mein lieber, lieber Ulrik,

unser kurzes Treffen letzten Monat in Paris kommt mir in der Erinnerung einfach unfertig vor, irgendwie tut es mir Leid wegen dir. Ich habe mich so gefreut, an der Internationalen Ausstellung bei meinem Freund Georges Petit teilzunehmen, aber ich musste so schnell wie irgend möglich nach Stockholm zurück. Zwei Tage nach meiner Rückkehr kam Ulf zur Welt! Karin geht es großartig, und Suzanne ist schon eine sehr vernünftige große Schwester.

Ja, die Familie Larsson wächst! Jetzt träume ich davon, dass wir alle miteinander in Sundborn einziehen, fern der nutzlosen Aufregungen, der Eifersüchteleien und üblen Nachrede.

Wir fänden es so schön, wenn du uns dort besuchen würdest! Entschuldige, wenn ich dich duze, aber du bist für mich immer noch der Jugendliche aus Grez.

Ich freue mich, dass du dich dort wohl fühlst; ich selber würde es nicht über mich bringen, wieder an den Loing zu reisen. So viel Wasser ist unter der siebenbogigen Brücke hindurchgeflossen, so viele Freundschaften haben die Zeit nicht überstanden ... Die mit dir ist mir umso wichtiger, und außerdem weiß ich, wie gut du meine Aufnahme in Paris vorbereitet hast.

Vergiss du nicht, dass die Larssons dich erwarten, irgendwo oben in Dalarna ...

Ich umarme dich,

Carl

Sundborn, August 1888

«Ulrik, schau mal, wie ich springe!»

Die kleine, flinke Suzanne war so niedlich anzusehen! Splitternackt, mit fliegenden Zöpfen, rannte sie auf das Sprungbrett. Allgemeines Gelächter und Applaus waren das Echo auf ihren Hüpfer ins Wasser. Wir saßen dicht dabei im Gras. Ich hielt Ulf an einer Hand. Er konnte schon stehen und schien zu seiner Schwester zu wollen. Bis er selber schwimmen konnte, lachte er wenigstens zutraulich – für ihn gab Suzanne eine Extravorstellung mit lauter Gewinke und Grimassen. Carl rauchte eine langstielige Pfeife. Er war kurz aus seinem Atelier gekommen, hatte den weißen Malerkittel ausgezogen. In ihrem groß weiß-blau karierten Sommerkleid sah Karin hübscher und frischer aus denn je. Wirklich, Mutter zu sein stand ihr gut. Sie war wieder schwanger, das dritte glückliche Ereignis stand für den Spätherbst bevor.

Wie konnte es nur mitten in Schweden derart heiß sein? Nur mit Schwierigkeiten erkannte ich das Sundborn wieder, das ich einst im Eis kennen gelernt hatte nach jener Schlittenfahrt. Die im leichten Wind bebenden Birkenblätter, das in der Sonne glänzende grüne Gras, die nahe Gestalt eines angelnden Dorfjungen: All das vermittelte eine schlichte, fast kitschige Fülle, als wäre das ganze Leben auf einmal nichts mehr als eine glückliche Mittagsruhe im Wachzustand. Diese beruhigende Atmosphäre hatte auch Carl ergriffen; er legte sich zurück, räkelte sich mit einem langen, zufriedenen Gähnen. Kurz schloss er halb die Augen, legte ein Bein über das andere.

«Aber nicht zu weit raus, Suzanne!», rief er dann, doch eher der Form halber.

Keiner von uns hatte das Bedürfnis zu sprechen, und die ruhig-schlichte Vollkommenheit der Freundschaft ließ mich von einem längst vergangenen Tag am Loing träumen, den ich ebenfalls mit den Larssons verbracht hatte.

«Also! Ich muss mich wieder aufrappeln.» Carl sprang auf. «Sonst nutzt die Konkurrenz meine Faulheit und überholt mich!»

Mit großen Schritten ging er zu dem Flügel des Hauses, in dem er sein Atelier eingerichtet hatte.

«Ulrik», rief er noch, ohne sich umzudrehen, «vergiss nicht, dass ich dich heute Nachmittag brauche, um den Steg fertig zu machen. Ach was, Steg! Die Uferpromenade!»

Und da ich ihm, erstaunt über seine Hast, hinterhersah, meinte Karin:

«Seien Sie ihm nicht böse, dass er nicht länger bei uns bleibt, Ulrik. Er ist richtig gefräßig mit seiner Arbeit im Augenblick. Gerade ist er fertig mit dem Triptychon für die Fürstenberg-Stiftung, und schon macht er sich an einen Wettbewerbsbeitrag für die Wandmalereien im Nationalmuseum. Und dazu noch alles, was er an unserem Haus gemacht hat!»

Karin brauchte ihn nicht zu entschuldigen. Sie wusste, wie gern ich in eine Atmosphäre eintauchte, ohne dass man mir das Gefühl gab, etwas um meinetwillen ändern oder sich um mich kümmern zu müssen. Carl und Karin beherrschten die Kunst der unaufwendigen Gastgeberschaft bis zur Perfektion, vollkommen entspannt. Suzanne wickelte sich in ein Badetuch, und wir gingen langsam zum Haus zurück. Ulf kuschelte sich an meine Brust und schlief ein, warm und schwer.

Ja, *Klein Hyttnäs* hatte sich sehr verändert in diesen drei Jahren! Aus dem mehr oder weniger baufälligen Ensemble war dieses Haus auferstanden, gestrichen in einem fast apricotfarbenen Orangeton, etwas heller als das traditionelle Falun-Rot – die Larssons hatten von vorn herein ihre eigene Note, ihre persönliche Handschrift angebracht. Die Fenstereinfassungen, das Fachwerk und die Türen traten mandelgrün mit einem fast etwas bläulichen Einschlag hervor. Rechts vom Haupthaus, neben der größten Birke, stand ein langer, rustikaler Holztisch, zwei ebenso lange Bänke und ein einzelner Stuhl, alles in demselben Orangerot wie das Haus gestrichen: Man spürte förmlich den Sommer, wenn man das sah, spürte die gute Laune derer, die nachmittags dort ihren Kaffee tranken im etwas zu hohen Gras, man ahnte die Abendessen, die blaue Nacht, das Glück, wenn die erste Kerze angezündet wurde. Draußen blieb ich kurz vor dem Windfang mit den sonnenblumengelben Säulen stehen; Carl hatte ihn kürzlich fertig gestellt. In den Türsturz waren die

Worte geschnitzt: «Willkommen seist du bei Carl Larsson und seiner Frau.» Ich fühlte mich nicht als Erster persönlich von diesem warmen Gruß angesprochen. Obwohl die Larssons wirklich erst vor kurzem eingezogen waren, führten sie bereits ein gastfreies Haus, und das konnte man spüren, wenn man eintrat. Das Licht, das einem entgegenkam, lud zum Teilen ein, wollte gemeinsam getrunken werden.

Das Licht. An diesem Sommervormittag wirkte es im Wohnzimmer fast blendend. Der Sonnenschein flutete durch die Fensterfront, die sich zum See hin öffnete. Alle Möbel waren weiß gestrichen, das Sofa blassblau-weiß gestreift bezogen. Die dicht an dicht gelegten Flickenteppiche machten Lust, sich auf dem Boden niederzulassen. Nirgends sonst hatte ich bis dahin so ein Gleichgewicht von Gestaltung und Zufälligkeit erlebt. Vor dem größten Fenster sorgte eine Stufe dafür, dass man sich wie vor einer kleinen Bühne fühlte. Immer noch in ihr Tuch gewickelt, stieg Suzanne hinauf, eine kleine Gießkanne in der Hand, um die Topfpflanzen zu wässern, die auf der gesamten Breite standen.

Ulf schlief jetzt fest. Ich ging in den ersten Stock hinauf und bettete ihn behutsam in seine Wiege neben Suzannes Bett. Auch das Kinderzimmer war licht, mit seinen breiten, weiß gestrichenen Dielen, der Decke, die in demselben Grün gehalten war wie Fensterläden und Zierleisten. Suzanne hatte ihr Nachthemdchen auf dem Boden liegen lassen, neben Bauklötzen, die Carl aus Holz gesägt hatte.

Als ich hinunterkam, saß Karin an dem kleinen Esszimmertisch und pulte Erbsen. Ich mochte diesen etwas dunkleren, aber auch wärmeren Raum. Über die Tür zur Küche hatte Carl in roten und schwarzen Buchstaben eine französische Devise geschrieben: *Bien faire et laisser dire* – «Gutes tun und andere reden lassen». Diese Worte hatten mich getroffen, nicht weil sie mir unverständlich erschienen wären, sondern wegen der Verletztheit, die aus ihnen sprach. Der Raum war rundum getäfelt und mandelgrün, Türen und Fensterrahmen wiederum in dem Apricot gehalten wie die Außenwände des Hauses. Karin hatte eine moderne, rotweiß gemusterte Tischdecke beiseite geschoben. Seit zwei Jahren verbrachte sie viele Stunden vor dem Webstuhl in dem kleinen Raum nebenan. An manchen Orten im Haus schmückten ihre Arbeiten Wände, Tische, Sofas. Sie verstand es, die Hausarbeit in Kunst zu verwandeln. Ihre hellen Farben und originellen Motive verliehen jedem Raum einen eigenen Charakter, eine besondere Atmosphäre. Das Haus hätte auch ein etwas übertrieben warmes Nest, ein Kokon sein können, doch Karins Webereien machten daraus eine nuanciertere Lebenskunst, etwas skandinavisch Lichtes, Leuchtendes, erstaunlich Modernes.

Offensichtlich hatte Karin vorläufig aufs Malen verzichtet. Suzannes Geburt, dann Ulfs, die Einrichtung des Hauses, Essenszubereitung für alle – das ließ ihr nicht viel Zeit. Seit ich hier war, hatte ich nicht gewagt, das Thema anzusprechen; ihr Gespräch mit Julia an jenem Sommermorgen war mir noch gegenwärtig. Aber ich konnte Julia nicht zustimmen. Ich rief mir ins Gedächtnis, was die beiden damals im Ruderboot gesagt hatten. Ganz offensichtlich hatte Julia die Entwicklung von Karins künstlerischer Laufbahn vorhergesehen.

Aber ich beharrte innerlich fast eifersüchtig darauf, dass sie sich geirrt hatte. Was Karin hier zustande brachte, war auch eine Art Kunstwerk, ein Werk, mit dem sie ihr Haus, das Leben, das Jetzt feierte. Und eines Tages würde sie sicher wieder zu Pinsel und Aquarellfarben greifen.

Ich setzte mich neben sie. Erbsen pulen ist schön. Man ist beisammen, mühelos. Ein Druck des Daumens auf die Naht der Schote, und sie springt auf, folgsam, nachgiebig. Von Zeit zu Zeit greift man mit den Händen in die Schüssel voll enthülster Kugeln. Glatt wie Wasser sind sie. Suzanne kam dazu, setzte sich auf einen hohen Hocker. Karin zeigte ihr, wie es geht, ich betrachtete sie, sagte nichts. Der Vormittag schien stillzustehen.

«Und Carl verfolgt also immer noch diese Großprojekte?», fragte ich schließlich, um den Zauber des Augenblicks zu zerstreuen, bevor er von selber verschwinden würde.

«Ja», antwortete Karin mit einer Spur Bedauern. «Er träumt einfach von offizieller Anerkennung, von dem großen, allen sichtbaren Werk. Ich hätte gedacht, das Fürstenberg-Triptychon würde ihm genügen. Aber jetzt sitzt er an den Fresken für das Museum . . . Es ist seltsam», fügte sie nach einem Moment hinzu, «ich hätte nie gedacht, dass er sich an dieser Art Arbeiten versucht. Ulrik, Sie haben doch all die Aquarelle gesehen, die er hier in Sundborn gemalt hat: kleine Alltagsszenen, das Haus, die Kinder. Er findet diese Arbeiten nicht besonders wichtig, er hält sie für nicht viel wert. Aber ich finde, genau sie sind sein eigentlicher Weg. Leider ist da die Frage des Geldes. Die Wandbilder werden gut bezahlt, wir haben keine anderen Einkünfte. Und dann ist da noch etwas. Carl stammt aus einer sehr einfachen, armen Familie. Er hat immer gefunden, die Kunst müsse allen zugute kommen. Die Vorstellung also, sein Werk wäre allen Stockholmern sichtbar . . .»

Beim Reden war Karin aufgestanden, die Erbsenschüssel vor dem Leib haltend, nachdenklich.

Ja, ich hatte in Carls Atelier diese neuen Aquarelle gesehen. Derart das Abbild all dessen, was ich seit meiner Ankunft hier erlebte, dass sie mir erst gar nicht aufgefallen waren. Sundborn, Suzanne, Karin, Ulf, das sommerliche Bad im Teich, Morgentoilette, Nachmittagsruhe, Krebsfischerei . . . Das Leben in Sundborn war das Motiv. Carls neuer Stil, der sich aus der Wahl des Aquarells ergab, der schlichte Strich der Zeichnung, das passte eigenartig gut zu Karins lichten Webmotiven – passte zu ihren kleinen Kindern, dem wimmelnden, heiteren Leben hier unter den Birken, dem warmen Durcheinander des Ateliers, der Helligkeit des Wohnzimmers.

Zum Mittagessen gesellte sich Carl wieder zu uns, erfüllt von der Zufriedenheit des Arbeiters, der seine Sache gut gemacht hat. Er versprach Suzanne für den Abend ein Marionettenspiel; eben hatte er für sie ein mit Figuren der Commedia dell'Arte ausgestattetes Kasperletheater gebaut. Karins und Carls Umgangsweise mit Suzanne war so himmelweit von der melancholischen Distanz entfernt, die zwischen meinen Eltern und mir geherrscht hatte! Ich beneidete Suzanne ein wenig. Sie nahm am Gespräch teil, kein Thema schloss sie aus. Die Zugewandtheit zwischen ihnen bedeutete nicht, dass es keinerlei Ansprüche gab, aber oft endete alles in einem großen Gelächter.

Nach dem Essen tranken wir auf dem halb fertigen Anleger Kaffee.

«Das hier wird unsere schönste Gartenterrasse, Ulrik!»

Und Carl schwieg kurz nach dieser Bemerkung, seufzte sogar, als stimmte die Anspielung auf Grez ihn nostalgisch. Suzanne tollte im Gras mit Barn, dem alten roten Hund. Dann war Weinen zu hören, und Karin holte Ulf.

«Also, mein alter Ulrik», meinte Carl, «die Arbeit wartet!»

Carls Projekt musste vielleicht nicht Uferpromenade genannt werden, aber es versprach dennoch nicht ganz leicht zu werden. Er wollte vor dem Haus, am Ufer entlang, aus Planken einen langen Steg errichten, bis zum Anleger, wo das Ruderboot vertäut lag.

Trotz der friedlichen Atmosphäre von Sundborn waren Carls Tage von einer Art fröhlichem Gewirbel erfüllt; seine künstlerische Arbeit wechselte sich ab mit allerlei handwerklichen Vorhaben. Er hatte gegärtnert, gemauert und was sonst noch alles. Jetzt also wurde geschreinert.

Ich war für solcherlei Arbeit sicher nicht so begabt wie er. Schon die Planken zurechtzusägen, bereitete mir ordentlich Probleme, was Carls spöttische Blicke nicht besser machten:

«Na, Freund Ulrik, wie stellst du's denn bei deinem Haus in Grez an?»

Carl hatte meine Art und Weise, den Hausherrn zu spielen, wahrscheinlich durchschaut. Ein wenig gekränkt zählte ich die bescheidenen Arbeiten auf, die ich zu Hause erledigt hatte.

«Und du willst das Haus tatsächlich behalten?» Über diese Frage hatte ich seit langem nicht mehr nachgedacht. Dass Carl sie stellte, machte mir auf einmal bewusst, wie gern ich dort in meinem Sommerhaus bleiben wollte, als einsamer Wächter, Erbe all der Schatten, die mich begleiteten.

Dann nahm der Nachmittag seinen Lauf, und unsere wenigen Bemerkungen galten nur noch dem leichten und dabei soliden Geländer, mit dem Carl seinen Ufersteg versehen wollte. Es tat mir wohl, mit ihm zusammenzuarbeiten, umgeben vom Duft des frischen Holzes; ich fühlte mich zugleich nützlich und ungeschickt, wie beschützt durch die Freundlichkeit und Sicherheit, die Carl ausstrahlte.

Gegen fünf Uhr brachte uns Suzanne, beschattet von einem viel zu großen Strohhut, über die Planken stolpernd ein Tablett mit Erfrischungen. Sie blieb kurz da, fragte dies und das, ging dann mit Karin zum Wasser, für das zweite Bad des Tages. Die Sonne neigte sich bereits dem Ufer gegenüber zu, über dem Birkenwald, als Carl, den Hobel in der Hand, schwitzend aufschaute:

«Und Julia?»

Grez

Julia? Seit Monaten hatten die Larssons keine Nachricht von ihr erhalten. Besorgt hatten sie bei Frau Lundgren nachgefragt, die ihrerseits immer knappere Briefe erhielt. Lange waren sie aus Giverny gekommen. Seit Ostern trugen sie einen Pariser Stempel, waren nichts sagend, erzählten, alles stehe zum Besten. Natürlich malte Julia. Aber ich hatte weder ihren Namen noch eines ihrer Bilder in irgendeiner Ausstellung gesehen.

Julia war fern und einsam. Mehrfach hatten Karin und Carl sie nach Sundborn eingeladen. Carl wusste von Oscar Björck, dass auch Anna Ancher sie gedrängt hatte, nach Skagen zu kommen. Larssons Worte schmerzten mich, bereiteten mir Sorgen, Gewissensbisse. Aber ich wusste, dass ich keinen Fühler ausstrecken durfte. Zwischen ihr und mir war Schweigen die einzige Chance. Seit ich aus Giverny verschwunden war, hatte ich sie immer an meiner Seite gespürt. Eine sanfte, folgsame Julia, die mich durch das Haus in Grez begleitete, an frostigen Morgen neben mir das Ufer des Loing entlang ging, im Sommer die ersten Kirschen entdeckte. Alle Jahreszeiten wurden lebendig in der Phantasie; allein war ich nur äußerlich. Eine unsichtbare, stille Julia saß neben mir auf den glänzend roten Fliesen vor dem Kamin.

Tod, Abwesenheit; für mich hatten diese Wörter ihren Sinn nicht verloren, sondern eine neue Dimension erlangt. Mit meinem eigentümlichen Talent, das Gegenwärtige zu erfassen, beobachtete ich meine Malerfreunde dabei, wie sie den Augenblick einfingen, ihn auf die Leinwand brachten. Bei mir blieb der Augenblick gedanklich, unausgelebt, aber ich genoss ihn nicht wirklich allein. Nach dem lichten Sundborn kehrte ich ohne Traurigkeit in mein Haus in Grez zurück. Das Glück der anderen schmerzte mich nicht mehr. Ich fühlte mich ihm so fern, dass es wohl tat, es für einige Tage zu sehen, zu teilen. Außerdem war das Glück der Larssons nicht realer als der Tod meiner Eltern, als Julias Fernsein. Licht und Schatten begegneten sich, verschmolzen miteinander.

Die Monate verstrichen. Ich schrieb immer weniger Artikel. Wozu auch? Im Herbst starb Maître Hergot. Maître Pinardel, sein junger Nachfolger, bestätigte, dass es um mein Vermögen bestens stand. Stumm stellte mir sein Blick über die runde Drahtbrille hinweg Fragen, die nichts mit Wertsteigerung und Zinssätzen zu tun hatten. Ich konnte nicht umhin, ihm höflich-unverfroren ein Bild von meinem Leben zu skizzieren, das ihn zu entsetzen schien. Er konnte nicht begreifen, warum ich das Haus in Grez nur halb in Stand gesetzt hielt, was doch seinen Wert minderte. Aber wie ihm klarmachen, dass ich keinen Gärtner ertrug? Mein Müßiggang hatte den Vorteil, dass ich einsah, wie vergeblich das menschliche Streben ist, so bemüht oder beruhigend es auch sein mag. Wozu diente all so etwas? Jeder Einzelne ein Sisyphus, der seinen Stein bergan stemmt, mit würdiger, schmerzverzerrter oder gelangweilter Miene – ich hatte keinen Stein.

Wieder ein Winter. Ich ging nur noch am Donnerstagabend aus, zum Billard mit Père Chevillon, auf einen rituellen Glühwein. Ich lauschte meinen eigenen Schritten, wie sie das Parkett zum Knirschen brachten in den leeren, hundertmal durchquerten Zimmern. In den Kunstzeitschriften war der Streit um das reine Licht verstummt. Ich hatte nichts mehr zu verteidigen noch anzugreifen und schrieb nur noch zu meinem eigenen Vergnügen. In der eiskalten Einsamkeit meines französischen Hauses begegnete mir jede Einzelheit, jede Stunde wieder, die ich im Licht von Sundborn erlebt hatte – die Schatten verließen mich nicht.

Der Winter war lang in jenem Jahr. Ewig peitschte Regen gegen die Fenster, die Gartenlaube brach unter den Sturmböen erneut zusammen. Nicht einmal die kleine Sonnenpause im Februar gab es, die mich sonst jedes Jahr durchhalten ließ. Ich langweilte mich nicht, das hatte ich nie getan. Langsam aber wurde ich stockig wie die Wände; meine Träume standen still. Anna Anchers Brief war der erste Sonnenstrahl.

Skagen, 28. März 1889

Lieber Ulrik,

Michael und ich wussten schon nicht mehr, wie wir dich aus deiner Höhle locken sollen. Aber jetzt haben wir eine Möglichkeit gefunden, glaube ich! Ich hatte dir ja von der Liebesgeschichte zwischen Søren und Marie Triepcke erzählt, der jungen Künstlerin, die er letztes Jahr kennen gelernt hat. Es ist alles recht schnell gegangen. Sie wollen heiraten! Auf Hochzeitsreise fahren sie nach Italien, aber danach kommen sie für den Sommer nach Skagen; sie werden in Frau Bendtsens Haus wohnen. Ulrik, Skagen wird wie früher, besser noch als früher, dank Sørens jungem Glück! Das zu verpassen, würde an Hochverrat grenzen.
Ich umarme dich,

Anna

Skagen, Juni 1889

Es ist früh am Nachmittag, aber schon lange genug nach dem Mittagessen, dass aller Trubel sich gelegt hat. Die Stunde, zu der man Briefe schreibt, im kühlen Zimmer, die Stunde, in der die Alten in ihren Sesseln schlummern, die Stunde, in der nichts ist. Im Schatten der Haselsträucher stehen zwei Liegestühle mit beigem Stoff. Der eine ist noch frei, im anderen liest Marie Zeitung. Der Stuhl hat keine Armlehnen, und die Haltung der jungen Frau schwankt zwischen Entspannung und Angespanntsein. Ihr weißer Rock ist gebauscht, aber man sieht, dass sie das linke Bein über das rechte gelegt hat; ihr Fuß wippt leicht, streichelt Rap, den Irish Setter, der zu ihren Füßen liegt, sacht am Ohr. Marie hält die Zeitung nicht hoch, sondern hat sie sich auf den Oberschenkel gelegt. Ihr geneigter Nacken, der vom Stoff gelöste Rücken, alles deutet auf eine aktive, konzentrierte Lektüre hin. Ihre Arme sprechen allerdings eine andere Sprache. Ihre rechte Hand liegt locker auf der Taille und wirkt eher entspannt, aber die linke auf ihrer Brust verrät eine von der Lektüre provozierte Erregung. Ein Zweig des Rosenstrauchs überwölbt die beiden Liegestühle. Unter dem Schatten des Rosenstrauchs sitzen wir, Søren und ich, im Gras, etwas abseits von Marie. Die weißen, leicht rosé angehauchten Blätter duften nicht, aber das mindert nicht den Zauber ihrer Fülle an den alten, wuchernden Zweigen, einer Fülle, als wären es nicht wirklich einzelne Blüten.

Søren fürchtet keine Flecken auf seinem Sommeranzug. Der Farbe hat er die Treue gehalten – Jacke, Hut und Hose sind weiß –, aber die Kleidung ist nicht mehr aus jenem leichten Stoff, den er achtlos zerknitterte, wenn er in den Dünen Platz nahm, sondern von einer schwereren Qualität; auch der Schnitt ist kunstvoller. Die Goldkette, die das Lorgnon über der Brillentasche hält, glitzert in der Sonne. Søren selbst ist ganz der Alte, wie er sich ins Gras fläzt und Scherze macht. Seine dunkle Stimme schnurrt langsamer, als fürchtete er, Marie zu stören. Er erzählt von Kopenhagen, all den öffentlichen Aufträgen, die auf ihn herniedergegangen sind. Der Maler vom Strand ist zum Porträtisten der Akademien avanciert. Ohne Unterlass hat er lauter zeremoniöse Herren in schwarzen Anzügen unter Kronleuchtern darstellen müssen. Viel Geld hat er verdient und kann sich eine repräsentative Wohnung in der Hauptstraße leisten. Er ist ehrenwert, öffentlich anerkannt, ein Mann von Welt – und erfüllt vom Ekel darüber, nichts sagendes, nichts bedeutendes Zeug zu malen. Ich höre zerstreut zu. Für ihn genauso wie für mich ist dieses Gespräch nur ein Vorwand. Er zeichnet ein unterhaltsames Bild seines Stadtlebens und lässt die Augen nicht von der weißen Gestalt unter den Haselsträuchern.

Wie sollte man Marie nicht ansehen? Als er sie zum ersten Mal erblickte, am Strand von Skagen, ist der alte Ulf stehen geblieben, breitbeinig, die Pfeife zwischen den Zähnen. Mit ulkiger Überheblichkeit stand er still, starrte fasziniert auf das Gesicht der Braut, sprach aber zu Søren:

«Verflucht, Krøyer, was für ein Mensch bist du? Unser König warst du schon. Und jetzt kommst du mit der schönsten Frau von ganz Dänemark hier an! Lass mich dir die Füße küssen!»

Keiner der Freunde, die der Ausschiffung der Jungvermählten zusahen, war über diese Keckheit empört – Marie kräuselte vielleicht ein wenig die Stirn. Mit leisem, kehligen Lachen, das keinerlei Verlegenheit verriet, hat Krøyer den Alten hinknien lassen.

Auch ich sehe jetzt Marie Triepcke an. In ihre Zeitung vertieft, wirkt sie so fern. Ein Sonnenfunken spielt auf ihrem zum Knoten gewundenen Zopf. Beim Essen schien ihr Haar kastanienbraun, doch der Schatten jetzt lässt es viel dunkler schimmern; der Teint sieht noch blasser aus als zuvor. Ihre feinen Gesichtszüge haben etwas Verletzliches. Kurz hebt sie den Kopf, als wollte sie das Gewicht unserer Blicke abschütteln, und lächelt Søren zu. Ihre Augen sind unglaublich blau, sanftblau, wie abgenutzt, etwas milchig – ein ferner Himmel mit einer leicht melancholischen Nuance, die auch im Lächeln noch mitschwingt. Ob sie die schönste Frau von ganz Dänemark ist, weiß ich nicht. Ich finde sie schöner als schön, fern von uns lebt sie in einer Art schmerzlichen Vollkommenheit – so sehr, dass es fast unpassend wirkt, wenn sie sich bewegt, lächelt, so völlig uneingebildet redet. Sie steht auf, geht in der Küche ein Glas Wasser holen. Dann lehnt sie sich an die Hauswand und trinkt in langsamen Schlucken.

Rap folgt ihr auf Schritt und Tritt. Wie auch anders? Sie magnetisiert alles. Nur sie allein kann das Schweigen durchbrechen, das kristallin um sie herum herrscht.

«Na, Søren, was ist mit unserem Strandspaziergang?»

Endlich können wir unsere Benommenheit abschütteln und durch das Sonnenlicht waten. Marie nimmt ihren Sonnenschirm. Frau Bendtsens Haus ist nicht weit vom Dorf entfernt. Heiß ist es auf der weißen Straße, über die dann und wann eine Bäuerin radelt oder ein Lastenträger seinen Karren zieht. Entzückt über den Auslauf, umspringt uns Rap. Søren hatte kurz Maries Arm genommen, dann haben sie einander während des Gesprächs unbemerkt losgelassen. Wegen ihrer beider Eleganz, wegen der vielleicht allzu steif gestärkten Kleidung, die etwas zu üppig ist für einen Spaziergang in der Sommersonne? Sie wirken erfreut, dass sie sich miteinander zeigen können, doch zugleich wie abgezirkelt in allen Annäherungen, als wäre nichts so einfach. Auf dem Weg zur Kirche von Skagen spüre ich geradezu körperlich, wie eine leise Spannung von ihnen ausgeht. Kurz vergleiche ich mit den Larssons und wie die als Paar wirken. Diese Wärme, diese biegsame Leichtigkeit in allen liebevollen Bewegungen, die in Sundborn in der Luft liegt, selbst wenn gerade gar keine Bewegung da ist . . .

Ich mag den Skagener Glockenturm gern, die kleine, mit einer Spitze versehene Zwiebel, und vor allem, dass er kaum über die niedrigen Häuschen hinausragt. Und alle Dächer sind kokett-adrett verziert, die beiden letzten Ziegelreihen sind weiß gerändert, der First auf der gesamten Länge weiß gestrichen, ein geometrisches Motiv, von den jeweiligen Eigentümern mit mehr oder weniger sicherer Hand ausgeführt; gebogene Dachbalken lassen es ein wenig wellig wirken und geben ihm ein naives, fast kindliches Gepräge. Die niedrigen Steinhäuser hinter den Lattenzäunen sind zumeist senfgelb gestrichen, an den Kanten und um Fenster und Türen ebenfalls weiß abgesetzt. Schwertlilien blühen, es gibt winzige Gemüsegärtchen, Vordächer, kleine Holzbogen als Klettergerüst für Glyzinien oder Kletterrosen. So behütet wirkt das Dorf, so fern von all dem Rauen des Meeres, den tobenden Fluten von Kattegat und Skagerrak!

Das Haus von Anna und Michael Ancher beim Hotel Brøndum hat sich sehr verändert. Der fast noch wilde Garten, in dem ich damals das Foto für Sørens *Hip, hip, hurra!* gemacht hatte, quillt jetzt vor Büschen, Lilien, Iris und Rosen über, ein klug arrangiertes Durcheinander, das die Üppigkeit gut zur Geltung bringt.

«Hei, Søren!»

Das blonde Mädchen, das uns auf der Schwelle empfängt, war wohl einmal das Baby, das Anna damals im Arm gehabt hatte. Nun treten auch Michael und Anna heraus und führen uns über ihren Besitz. Bei allen Unterschieden zu Larssons *Klein Hyttnäs* ist auch das Haus der Anchers ein typisches warmes Künstler-Zuhause geworden.

Anna und Michael zeigen alles mit leichter Selbstironie; Søren, Marie und ich erkennen wohl, dass die beiden zu altern begonnen haben, was ihnen jedoch gar nicht schlecht steht. Anna mit ihrer großen, gebogenen Nase hat in Persönlichkeit verwandelt, was ein Mangel an Anmut hätte werden können, und obwohl Michael mit seinem wohlgekämmten Bart nicht mehr gar so sehr einem struppigen Bären ähnelt wie früher, funkelt das Lächeln noch genauso lebhaft in seinen schwarzen Augen.

Bei ihnen hat Søren sofort zu seiner alten Form als fröhlicher Anstifter zurückgefunden. Zwischen zwei bewundernden Ausrufen äußert er eine ironische Nebenbemerkung zu einem praktischen Detail der Küche und macht sich gespielt darüber lustig, dass die Anchers doch recht verbürgert seien. Ich schaue ihn an in seinem weißen Leinenanzug mit der etwas protzigen Uhrenkette, wie er redet und sich bewegt, als wäre er noch immer derselbe alte Boheme-Krøyer des ersten Sommers in Skagen. Anna und Michael lachen herzlich. Bei jeder geistreichen Bemerkung wirft Søren seiner Marie einen raschen Blick zu; sie begnügt sich mit einem Lächeln, zugleich gegenwärtig und zerstreut.

An diesem Sommertag ist das Haus der Anchers mit seinen großen Fenstern und dem glänzenden Parkett lichterfüllt. Überall hängen Bilder. Erfreut erkennt Søren ein paar aus seiner Produktion. Viele Porträts von Freunden, in Annas kleinem Arbeitszimmer eine ganze Wand voll damit. Dieses Zimmer gefällt mir am besten. An die Tür hat sie Vögel gezeichnet. Ein kleines, mit sandfarbenem Stoff bezogenes Sofa steht vor dem Schreibtisch aus geflammtem Kirschbaum, und darüber träumen all die vertrauten Gesichter der Skagener Maler.

Und wieder denke ich an Sundborn. Dabei fühlt man sich bei den Anchers sofort wohl. Obgleich, die ererbten Möbel sind etwas plump, etwas düster. Trotz der vielen Bilder, trotz der hier und da herumliegenden Malutensilien fehlt jene Klarheit, jenes Gefühl, sich an einem Ort zu befinden, an dem das Leben selbst zu einer Kunst erhoben ist.

Dann gehen wir alle miteinander Richtung Strand. Diesmal freilich neckt Søren nicht mehr Helene Christensen, als wir an der Kirche vorbeikommen. Freilich ist Björck nicht da und Christian Krohg auch nicht mehr – es heißt, er sei derart in Martha Johansen verliebt gewesen, dass er dem Ort lieber fern geblieben ist. Die Sonne aber strahlt genauso wie vor vier Jahren. Hinten funkelt das Meer ebenso blendend. Und am Strand entsinnt sich Søren endlich wieder seiner Flügel und breitet zwischen den Möwen die Arme aus. Helga lacht bei seinem Anblick. Er zieht sie in die Dünen mit, und bald rennen beide mit spitzen Schreien die Hänge herab.

Lange blieben wir an jenem Tag am Strand. Redeten. Schwiegen miteinander. Längere Zeit gingen Anna und Marie nebeneinander, ranke, weiße Silhouetten am Wellensaum. Sie nähern sich einander beim Plaudern, im Rhythmus ihrer Schritte, langsam, aber schon als Freundinnen. Søren, Michael und ich liegen unterdessen im Sand und rauchen Pfeife. Der lange skandinavische Sommerabend spielt immer hellere Varianten Blau durch, bis es sich beinahe dem cremeweißen Sand anverwandelt.

«Hier werde ich endlich wieder glücklich sein beim Malen!»

Sørens Worte fallen fast unbemerkt zwischen zwei behaglichen Seufzern, zwei belanglosen Sätzen und Helgas Lachen. Untergehakt gehen Anna und Marie am Wasser davon. Etwas Dunst weht sacht übers Meer.

Skagen, August 1889

Es regnete an jenem Nachmittag. Nur einige Fischer machten sich, fest in ihr Ölzeug gepackt, an ihrem Boot zu schaffen, das auf den Sand hinaufgezogen war. Ich liebte immer wieder die Einsamkeit am Strand, dies seltsam Lichte, das die Küste bis unten nach Hirtshals sichtbar werden ließ. Kilometerweit leiser Regen, fast lau war er, eine Erinnerung an einen gewissen anderen Regentag vielleicht. Wie damals duckten sich die wilden Rosen unter dem Wind. Von Zeit zu Zeit blieb ich stehen und schaute aufs Meer hinaus; meine Augen tränten leicht von der bewegten Luft. Eigenartig, dass an so einem Schlechtwettertag ein Dreimaster dicht vor Skagen kreuzte. Und eigenartiger noch, dass man offenbar ein Beiboot klarmachte. Der Wellengang war so stark, dass die Passagiere einige Zeit abwarten mussten, bis sie einsteigen konnten; sehr undeutlich erkannte ich ihre Gestalten, schwankend über der Gischt, den Böen.

Jetzt legte sich der Ruderer unglaublich in die Riemen. Sein Rücken verschwand hinter den Wellenkämmen, dann wuchs er wieder empor. Der Zweite im Boot war hinter ihm verborgen. Das Meer war von jener graugrünlichen, widerwärtigen Farbe, die im Winter selbstverständlich scheint, aber mitten im August unerträglich ist. Als das Boot sich mühsam bis auf hundert Meter dem Strand genähert hatte, hielt es inne. Der Ruderer ließ die Riemen sinken, und ich sah, wie er äußerst umständlich über Bord kletterte. Das Wasser ging ihm bis an die Waden, dann in den Wellen wieder bis zur Brust. Er ergriff einen Koffer, legte ihn sich auf den Kopf, wo er ihn mit einer Hand fest hielt. Hinter ihm folgte der Passagier, leichter und gewandter.

Ich gehe zum Ufer hinunter. Zu lange beachte ich nur die erste Gestalt mit ihrer Last auf dem Kopf. Doch jetzt mustere ich die zweite. Trotz des Zwielichts unter dem grauen Himmel und der Brecher meine ich etwas zu erkennen, eine Art, die Schultern zu halten. Es ist kein Passagier, sondern eine Passagierin. Dass ich ihr Geschlecht erkenne, stillt kurz meine Neugier. Doch nein, da ist noch etwas. Der blasse Teint ... Das lange Haar, dunkel im Sturm, erinnert mich durch seine Fülle an ... Julia. Ja, es ist Julia, die da durch die Wellen auf mich zukommt! Sie strauchelt, fängt sich wieder. Der Schaum zieht gegenläufige Bahnen um ihre Beine. Kurz bleibt sie stehen und schaut zum Ufer. Ich weiß, dass sie mich erkannt hat. Sie lässt sich nichts anmerken, geht unsicher weiter. Der Seemann dreht sich um, will ihr die Hand reichen, sie nimmt sie nicht.

Kurz fürchte ich, eine größere Welle könnte sie umwerfen. Die Anstrengung, mit der sie sich auf den Beinen hält, scheint sie zu erschöpfen. Da renne ich hin. Sie ist stehen geblieben, mit gesenktem Kopf, außer Atem. Ich erreiche sie. Kein Blick. Schon liegt sie an meiner Schulter. Ich kenne ihr dunkelgrünes, jetzt nasses, an ihrem so schmalen Leib klebendes Kleid, das schwarze, vom Seewasser bespritzte Schultertuch. Wir tanzen einen seltsamen reglosen Tanz, von einem Fuß auf den anderen, ohne ein Wort. Der Wind, der von der Landspitze her braust, legt an Stärke zu. Glück, Verzweiflung mischen sich. Julia liegt an mir, kraftlos, verloren. Ich nehme sie in die Arme, sie bebt, ich führe sie an den menschenleeren Strand. Der Seemann sitzt auf dem Koffer, erwartet uns.

Sie war zurückgekommen. Zu mir zurückgekommen, und mehr noch. Schon bei unserer ersten Begegnung in den Wellen spürte ich an ihr eine bislang unbekannte Verletzlichkeit, eine Hingabe. Was dann kam, war die Frucht so langen Schweigens, so langen, nicht ausgesprochenen Wartens.

Die glücklichsten Jahre meines Lebens begannen mit dieser Rückkehr. Seltsam, wie sie in meinem Gedächtnis treiben, wie eine schwimmende Insel, auf keiner Karte verzeichnet. Ich erinnerte mich daran, wie erfüllt sie waren, würde aber nicht wagen, Details zu suchen. All die Leere erhielt Inhalt. Auf einmal erschien mir meine Veranlagung, das Leben als beeindruckter Zuschauer zu durchwandern, nicht mehr als ein Mangel. Julia übernahm meine Art, die Dinge zu sehen, ich hatte sogar das Gefühl, den Tanz zu führen. Wir bezogen im Hotel Brøndum Quartier, die letzten Überlebenden der wirbeligen Gemeinschaft von damals. Alle waren sie mittlerweile vernünftig und sesshaft geworden. Die Anchers und die Johansens hatten ihre Häuser, bald bauten auch Søren und Marie eins im Wald von Skagen. Natürlich spukten noch genügend Verrücktheiten in unseren Köpfen herum, um abends am Strand um ein Feuer zu sitzen oder Feste zu improvisieren, bei denen die Kinder mit uns bis spät in die Nacht herumtanzten – natürlich blieb Søren närrisch genug, dass er um fünf Uhr früh hoch zu Pferde in Viggo Johansens Schlafzimmer einritt, um ihm zum Geburtstag zu gratulieren.

Aber Julia malte nicht mehr. Es schien ihr auch nicht zu fehlen. So frei, so sorglos hatte ich sie noch nie gesehen. Sie trug ihr langes Haar offen auf den Schultern, schwamm halb nackt im Skagerrak, viel zu weit draußen. Nie hatte ihr Lachen so laut gehallt, hatten ihre Augen so lebhaft gestrahlt. Offenbar musste ich es glauben: Ich schenkte ihr Glück.

Nach und nach vertraute sie mir an, wie ihre Zeit in Frankreich zu Ende gegangen war, als handelte es sich dabei nur um eine etwas lächerliche Episode, über die man nicht anders als ironisch reden könne. Alice und die ganze Familie Hoschedé hatten sie mit immer mehr Eifersucht verfolgt – sie nahm einfach zu viel Raum in Monets Leben ein. Also war sie gegangen, hatte sich immer stärker in eine hochmütig-verzweifelte Einsamkeit eingemauert, lebte in der Rue de Clignancourt in einer eiskalten möblierten Zweizimmerwohnung. Da sie ihre Mutter nicht beunruhigen wollte, hatte sie niemanden um Hilfe gebeten. Ein paar Pariser Galerien hatten sich für sie interessiert, dank Monets Empfehlung. Doch sie hatte jedwede Konzession verweigert und sich ganz auf ihre Suche nach formaler Reinheit versteift, die sie allen entfremdete.

Schließlich war der Tag gekommen, an dem sie beschlossen hatte, nacheinander ihre sämtlichen Bilder zu verbrennen – «Eine Woche lang habe ich geheizt, und es hat mir nicht Leid getan!», erzählte sie laut lachend.

Die zurückgekehrte Julia redete nicht mehr über Malerei. Sie sah die Gemälde von Søren, Michael, Anna oder Marie an – seit sie in Skagen war, malte Marie mehr als Krøyer. Julia nahm im Schneidersitz im Sand neben Marie Platz und wirkte richtig glücklich, wenn sie auf der Leinwand den Widerschein eines Lebens entdeckte, das sie erfüllte. Ihr wie mir ging es nicht eigentlich um die Malerei, sondern um die Lust, die Tage mit denen zu verbringen, die den Tag mit ihrer Kunst festhalten wollten.

Im Winter dann begleitete sie mich nach Grez, kuschelte sich vor dem großen Kamin an mich. Wie zwei ewig müßig gehende Studenten lebten wir dort, verliebt in die Unordnung, in den verwildernden Garten. Es tat so gut, die Chevillons wiederzusehen, im beginnenden Frühling auf dem Fluss zu rudern, auf der Gartenterrasse Kaffee zu trinken. Keine Besessenheit mehr, keine enttäuschten Hoffnungen, kein Warten. Von Hauptstädten wollte Julia nichts mehr wissen, weder von Paris noch von Stockholm, sie sah in ihnen nur noch brodelnde Schmelztiegel, in denen das Leben sich in Fluchtlinien verliert. In Grez wie in Skagen folgten die Jahreszeiten verlässlich aufeinander; wir liebten uns, ebenso langsam. Wanderten unter dem Regen dahin, durch den Wald, die Strände entlang. Und wenn die Sonne wiederkam, waren wir zur Stelle, um in sie hineinzusehen. Wir tranken das Leben, und ein Jahr war wie das andere.

Sundborn, Dezember 1894

Weihnachten bei den Larssons. Weihnachten in der weißen Einsamkeit von Sundborn. So tief ist der Schnee und so weich. Wie eine reglose Welle liegt er bis zur halben Höhe der orangefarbenen Wände. Das Haus erreicht man mit dem Schlitten oder per Ski; alles ist fast geräuschlos. In den Fenstern brennen zu jeder Stunde des Tages Karins Kerzenleuchter.

Seit Julia und ich hier sind, ist es ein einziger Festreigen. Wir lassen uns mitreißen. Gehorchen Suzanne, Ulf und Pontus, die für uns ein Theaterstückchen ausgedacht haben. Suzanne als Königin aus dem Mittelalter, eine hohe Goldkrone auf dem Kopf, führt in blauer Robe die Handlung an, während ihre beiden kleinen Brüder, der eine als Offizier mit dem Säbel an der Seite, der andere sehr elegant in Frack und Zylinder, immer wieder aus dem vereinbarten Ablauf ausscheren, weil sie der Versuchung zu spontanen Grimassen und Albereien nicht widerstehen können. Ihre beiden Schwestern Lisbeth und vor allem Brita, die erst wenige Monate alt ist, sind noch zu klein, um ihre Vorführung zu bewundern. Daher sind zwei unbeschäftigte Erwachsene für sie ein wertvolles, leicht zu eroberndes, begeisterungsfähiges Publikum.

Auch Carl folgen wir gern, wenn er uns in sein Atelier lädt und uns die Kostbarkeiten vorführt, die er in den letzten Jahren angehäuft hat. Das Aquarell ist seine Königin; alle Bilder verströmen dieselbe kristallene Klarheit, die im ganzen Haus herrscht. In allen Facetten zeigen sie das turbulente, einfache Leben in *Klein Hyttnäs.* Carl hat die meisten Aquarelle zu Alben zusammengestellt. Genießerisch neugierig fragt er nach unserer Meinung zu den Titeln, die er den Bildern gegeben hat: *Frühstück unter der großen Birke; Lisbeth beim Angeln; Das Frühstück der Siebenschläferin; Schlummerstunde im Kinderzimmer.* Die Stimmung ist dieselbe, die alle Winkel des Hauses durchweht, dieses eigentümliche Gemisch von künstlerischem Ernst und fröhlicher Unordnung.

Alles ist so einfach und licht. Dennoch hat Carls Stimme einen Sprung, wenn er von offizieller Zurückweisung erzählt, von den Schwierigkeiten, die man ihm im Zusammenhang mit den Fresken des Nationalmuseums macht. Wortlos reicht er uns eine Zeitung, in der zu lesen steht:

«Wie es aussieht, sind Carl und Karin Larsson auf dem besten Wege, das berühmteste Ehepaar Schwedens zu werden. Über diese ruhmreiche Nachricht würden wir uns ja alle freuen, wenn sie auf künstlerischer Originalität beruhte. Leider ist dem nicht so. In Larssons Bildern freuen sich die Schweden das Bild eines geeinten Paares zu sehen, eine allüberall – und nicht ohne eine gewisse Schamlosigkeit – reproduzierte, friedliche, beruhigende Darstellung einer glücklichen Familie, ein Modell, das so viel Erfolg hat, weil es niemanden stört.

Aber wie steht es in Wirklichkeit um dieses ‹vollkommene Ehepaar›? Für uns, die wir die beiden näher kennen, sieht die Wahrheit deutlich anders aus. Karin Larsson, eine gescheiterte Malerin, rächt sich an ihrem Gatten, indem sie ihn zum ewigen Nachbeter dessen reduziert, was sie geschaffen hat: ihres Hauses, ihrer Kinder, ihres so genannten Glücks, das so viele Kränkungen verbirgt, so viel bemäntelten Groll, so viel Wut, deren Zeugen wir waren!»

Verblüfft überspringe ich einige Zeilen, um unter dem Artikel den Namen zu finden, den ich geahnt hatte: August Strindberg. Ich schaue zu Carl, der traurig bestätigend nickt. Ja, das schreibt der Mann, der sich sein bester Freund nannte, der aus Schweden nach Grez gekommen war, um über seinen Lieblingsmaler zu schreiben, über Carl Larsson!

Unter dem Schnee und der Heiterkeit gibt es in Sundborn also auch Verletzungen. Aber der Weihnachtsabend naht und Karin beteiligt uns an den emsigen Vorbereitungen. Wir sitzen neben ihr unter der Hängelampe mit dem apricotfarbenen Schirm, die sie entworfen hat, und formen kleine, spiralig gedrehte Rosinenbrötchen mit Safran. Sie beauftragt mich sogar mit der Herstellung des Glögg, des Weihnachtspunsches! Alles wird schwebend und leicht im Duft der getrockneten Orangenschalen, von Nelken, Zimt und Kardamom. Suzanne und Ulf flechten unermüdlich Strohzöpfe, bestecken Orangen mit Gewürznelken, schneiden Bethlehemssterne aus Buntpapier aus. Karin und Julia schmücken die Wände mit Girlanden aus Preiselbeerlaub, Tannenzweigen, Stechpalme, Buchsbaum. In dem moosverzierten Kupferleuchter brennen die vier Adventskerzen.

Schon kommen die ersten Gäste. Leute aus dem Dorf. Fast das ganze Dorf. Die Larssons wollten, dass ihr *Klein Hyttnäs* vor Leben überquillt, vor Lachen, vor Licht. In einen Pelz gehüllt, eine Laterne in der Hand, stehe ich mit Pontus draußen als Empfangskomitee. «Willkommen seist du bei Carl Larsson und seiner Frau» – nie hat der Spruch über der Tür besser gepasst als heute.

Drinnen empfängt uns ein Schwall von Eindrücken, der brummende Ofen, die weißroten Decken und Bänder, die glitzernden Kerzen, der Duft von Stockfisch in Lauge und Weihnachtsschinken; fast ist es betäubend. Ich sehe, wie Julia überall in Küche und Wohnraum zugleich ist, im Vorübereilen mit Karin scherzt. Mit geröteten Wangen, das Haar auf dem seidenblauen Kleid, schaut sie mich an und zeigt eine liebevoll-spöttische Grimasse, um sich über meine tollpatschige Bewunderung lustig zu machen.

Am Kopf der Tafel sitzt bereits Carls Vater mit seinen struppigen Augenbrauen und einer langen Haarsträhne, die kurios auf dem kahlen Kopf liegt. Es ist typisch für die Larssons, wie sie ihn aufnehmen und auf den Ehrenplatz setzen, diesen alten Taugenichts von Olof Larsson, der ohne Gewissensbisse seine Familie hat sitzen lassen, als Carl klein war.

Kein Schatten trübt die Freude in der ganzen langen Nacht. Das Essen fliegt vorüber wie ein Traum. Nach den Weihnachtskugeln aus geriebener Kokosnuss und den Marzipanherzen trinken wir Aquavit, ein sanftes Brennen, ein starkes Getränk. Es wird gesungen, sehr lustig und überhaupt nicht elegant getanzt, wie an den schönsten Tagen in Grez. Suzanne und Julia wechseln sich am Klavier ab. Ein junger Bauer aus Sundborn setzt die Geige ans Kinn. Lisbeth schläft auf ihrem Stuhl neben dem Baum voller Strohsterne und roter Bänder. Olof Larsson weigert sich, ins Bett zu gehen. Alles tanzt, alles glänzt, alles leuchtet. Vielleicht ein wenig zu sehr, für ein letztes Mal.

Le Havre, 17. Januar 1895

Ulrik, ich schreibe diesen Brief, um dir zu sagen, um euch allen zu sagen: Versucht nicht, mich wiederzusehen. Morgen bringt mich ein Schiff sehr weit weg. Sehr weit weg wird meine Heimat sein von nun an. Ich weiß, dass das sehr schwer wird für dich. Vielleicht wirst du es nicht glauben wollen, nach den fünf Jahren, die wir miteinander verbracht haben. Ich hoffe, sie werden für dich immer glückliche Jahre bleiben. Ich habe getan, was ich konnte. Ich wollte ganz fest daran glauben, und ich glaube, manchmal, in den Skagener Dünen, abends im Garten von Anna und Michael, da waren wir wirklich beieinander, da kam es mir endlich so vor, als könnte ich etwas teilen. Aber es brannte weiter. Für dich, Ulrik, verströmen Carls und Sørens Werke Harmonie. Ich wollte deiner Erkenntnis, deinem Blick folgen. Aber ich kann es nicht. Ich kann nicht mehr malen, und dass die anderen es können, lässt mich unerträglich leiden. Ich weiß nicht, ob Carl und Søren wirklich glücklich sind, in dem Sinne, wie du es begreifst. Für sie ist Glück ein fragiles Gleichgewicht zwischen ihrem Leben und ihrem malerischen Talent. Aber wenn sie nicht mehr malen würden ... Verstehst du, was ich meine, Ulrik? Ich bin eigentlich wie sie, aber ich bin nur noch eine vertrocknete Frucht. An jenem stürmischen Tag, an dem ich in Skagen in deine Arme zurückgekehrt bin, habe ich mich deinem Talent zur Befriedung anvertraut, deinem Blick auf das Leben. Es war wie ein letzter Versuch. Und dann, neulich Abend bei den Larssons, habe ich gespürt, wie lächerlich wir waren. Carl sagt, man müsse zur Sonne blicken, aber ich habe nur so getan, als würde ich zur Sonne hinblicken.

Bitte verzeih mir. Ich werde irgendwo auf Erden sein. Ich werde an dich denken, und gewisse Blautöne werden mich an den Strand von Skagen erinnern. Du bist der Mensch, den ich am meisten auf Erden liebe, und mich selber liebe ich nicht.

Julia

Das Haus in Grez verkaufte ich. Ich hatte es ertragen, all den Schatten der Vergangenheit in ihm zu begegnen. Aber die Erinnerung an die Jahre mit Julia hielt ich nicht aus, wenn ich dort war. Die Substanz des Gebäudes hatte sich beträchtlich verschlechtert, ungeheizt und mangelhaft in Stand gehalten, wie es war. Es erbrachte eine lächerlich geringe Summe, aber ich hatte keine Lust, mich mit Finanzdingen aufzuhalten, und freute mich insgeheim, es an eine Familie zu verkaufen, deren Kinder von der ersten Sekunde an glücklich im Garten verschwanden.

Maître Pinardel informierte mich, dass mein Vermögen in den vergangenen Jahren, in denen ich mich so gut wie gar nicht darum gekümmert hatte, stetig gewachsen und gediehen war. So kaufte ich in der Rue de Seine ein Antiquitätengeschäft, darüber eine kleine Wohnung, zwei Zimmer, die mir vollauf genügten. Ich hatte noch viel Geld übrig. Der Gedanke an Glück, allein die Vorstellung davon, widerte mich an – Skagen und Sundborn waren für mich vorbei –, aber mein Gefallen an der Malerei blieb. Also tat ich das einzig Denkbare und verwandelte das Geschäft in eine Kunstgalerie, setzte meine Mittel dazu ein, junge Talente zu fördern.

Das Licht der Landschaft, das Strahlen von Stränden, von Schnee oder blühenden Gärten draußen interessierten mich nicht mehr. Begegnete ich nur zufällig jungen Künstlern, die vom Schein einer niedrigen Lampe begeistert waren, vom Muster einer Tapete am Kopfende eines Krankenlagers, von einer Frauengestalt, die vor einem Schrank kauerte, um ihre Wäsche einzuordnen? Sie hießen Édouard Vuillard, Pierre Bonnard, Ker-Xavier Roussel, Félix Vallotton. Und noch so manch ein anderer, dessen Name nie über die Schwelle des Hauses Nummer 38 in der Rue de Seine hinausdrang, dessen Talent mir aber eindeutig gegeben schien. Zum ersten Mal hatte ich das Erlebnis, mich nützlich zu fühlen, und ich dachte, mein Vater würde jetzt weniger enttäuscht sein von seinem missratenen Sohn.

Die Jahre verstrichen. Ich bekam Briefe von Karin, immer kürzere – meine Antworten fielen so knapp aus und waren so selten! Ich erfuhr, dass Kersti geboren wurde, dann Esbjörn. Aus Skagen schrieben Søren und Marie von der Geburt Vibekes. All diese guten Nachrichten, verbunden mit stetigen künstlerischen Erfolgen, entfernten mich nur noch mehr von den alten Freunden.

Dann eines Tages kam Annas Brief. Zum ersten Mal war darin nicht mehr die Rede von überbordendem Schaffensdrang und fruchtbarer Arbeit. Was sie über Søren und Marie schrieb, überraschte mich. Trotz ihrer Umschreibung war der Inhalt des Briefs unmissverständlich: Seit vielen Jahren litt Søren an Syphilis. Erst hatte er es Marie nicht sagen wollen, doch seit drei Jahren hatte er immer häufiger manisch-depressive

Anfälle, unter denen ihre Ehe sehr litt. Auch Maries Gesundheit war nicht die beste; sie litt an Lungenschwäche. Das goldene Bild der von Talent und Erfolg verwöhnten Krøyers stimmte nur noch äußerlich. Søren wollte mich sehen und wagte nicht, es mir direkt zu sagen.

Warum mich sehen? Welche Rolle konnte ich für ihn spielen? Das fragte ich während der Seereise. Aber gezögert hatte ich nicht einen Augenblick, als hätte ich nur auf ein Zeichen aus Skagen gewartet.

Ich hatte mich auf ein graues, windiges Jütland gefasst gemacht, so wie an jenem Tag, als Julia zurückgekehrt war. Aber es herrschte wunderbares Juliwetter. Das Blau ließ mein Herz höher schlagen, als ich von Bord ging. Sørens und Maries Haus wirkte so friedlich dort im Wald, am Dorfrand. Der Garten war nichts als eine ahorn- und birkenbestandene Lichtung. Eine lange Allee führte zu dem niedrigen Haus mit seinen senfgelb gestrichenen Wänden und dem schokoladenbraunen Fachwerk. Die weiß umrandeten Sprossenfenster, die Stufen vor dem Eingang, die üppig wuchernden Bauernrosen rings ums Haus und die unerwartete Sommerwärme – alles schien Annas Brief zutiefst zu widersprechen. Ich wanderte langsam die schmale, von hohem Gras gesäumte Allee hinauf. Polkaklänge kamen aus einem Fenster. Søren hatte mich noch nicht entdeckt. Ich fand ihn vor seinem Spinett, das Lorgnon auf der Nase, wie stets rein weiß gekleidet. Dieser Mann, der mir hier entgegenkam und mich so kraftvoll-freundlich umarmte, sollte der Verzweifelte sein, von dem Anna geschrieben hatte? Und die junge Frau mit dem unverändert strahlend blauen

Blick, deren Gestalt jetzt den geheimnisvollen Zauber der Dreißigjährigen ausstrahlte, sollte die depressive Marie sein?

Während sie mich frohgemut durch das Haus führten, vergaß ich nach und nach die Gründe für mein Kommen. Stärker noch als bei den Anchers war hier die ferne Nähe der Larssons zu spüren. Carls in ganz Skandinavien weit verbreitete Alben hatten Marie – Søren hatte ihr letztes Jahre eines geschenkt – angeregt, sich ebenfalls mit Inneneinrichtung zu beschäftigen; so hatte sie Stühle und Möbel entworfen, in einem sehr modernen, nüchternen Stil, und hatte überdies in einer Ecke des Esszimmers einen Webstuhl aufgebaut, beim Spinett. Und einen alten Bootsschuppen hinter dem Haus hatten sie zum Atelier umfunktioniert.

Draußen spazierte die Gouvernante unter den Bäumen, Vibeke an der Hand. Sie wurde mir vorgestellt, aber sie wandte den Kopf ab. Beim Mittagessen saß die Kleine mir gegenüber, blieb aber vollkommen stumm. Schüchtern war sie ganz offensichtlich, aber das war nicht alles, ich hatte stark den Eindruck eines Sprungs in der Harmonie des Hauses.

Frühnachmittags wollte Søren ein paar Fotos von seinem Töchterchen machen. Sie war so schweigsam. Sie war so besonders brav. Ein weißes Kleidchen mit Stickwerk und Spitzen. Eine allzu ausgeklügelte Frisur: kleiner Haarknoten, dazu Zöpfchen, die wie Vorhangschnüre zart ihren blonden Schopf säumten. Die Unterlippe stand ein klein wenig hervor und verlieh ihr ein schmollendes Aussehen. Und dieses Schweigen. Marie betrachtete sie. Mit Liebe, gewiss. Aber ihr Blick war so übervoll von Zärtlichkeit, wirkte wie inszeniert.

Vielleicht lag es auch an der Verlegenheit, fotografiert zu werden, der Verlegenheit angesichts des beobachtenden Auges, das auf die richtige Einstellung lauerte.

Ich fühlte mich als Voyeur und ging hinaus. Draußen flimmerte die Nachmittagshitze über dem Kiesweg. Ich betrat das Atelier. Eines nach dem anderen konnte ich hier die Bilder betrachten, die ich morgens, am Anfang meines Besuches, schon im friedsam-familiären Licht gesehen hatte – dem Licht Krøyers. Das erste Bild, das meine Aufmerksamkeit erregte, war ein Doppelporträt: Auf derselben Leinwand hatte Marie Søren und er sie gemalt. Nur Sørens Initialen befanden sich in einer Ecke, als wollte Marie die Urheberschaft an dieser beengenden Darstellung nicht beanspruchen: Søren ist im Hintergrund zu sehen, mit verfinstertem Gesicht, unstetem Blick, von einem dumpfen Fieber erfüllt. Marie neben ihm ist so schön, mit ihrer Brosche und der Halskette, die sich nur wenig von ihrem dunklen Kleid abhebt. Ihr Blick aber ist hart, der Mund verkniffen. Der Gesamteindruck widerspricht ganz und gar ihrer beider Wunsch, sich gemeinsam abzubilden. Ein hilfloses, entfremdetes Paar, fern seiner Legende.

Auch vor einem anderen Bild, diesmal von Søren allein, empfand ich dasselbe: Søren und Marie am Strand von Skagen, der alte Rap bei ihnen. Fern sinkt die Sonne, das Meer ist spiegelblau, kaltblau. Søren hält Marie beim Arm, doch die Haltung ist recht starr. Maries Arme hängen tatenlos zu ihren Seiten. Das Gesicht hat sie abgewandt. Ein erschütternder Kontrast zu dem Bild daneben, auf dem Krøyer Edvard Grieg zeigt, der seine Frau am Klavier begleitet. So viel warme Begeisterung, so viel Innigkeit strahlte dieses Gemälde aus! Jetzt war mir noch unbehaglicher zumute als Vibeke gegenüber; so deutlich sichtbar sprachen Sørens jüngste Bilder von seiner Verzweiflung, seinem ungeschickten Streben nach einem Glück, das er nicht erreichen konnte! Alles um ihn herum schien wie gefroren zu sein; Erfolg und Luxus waren nichts als eine weitere Beschwernis.

Ich fand Søren und Marie auf den Stufen der Eingangstreppe sitzend. Die bäurische Üppigkeit der Stockrosen reichte nicht mehr hin, um die Steifheit auszugleichen, die ich um sie herum wahrnahm. Vibeke war wieder mit der Gouvernante unterwegs. Marie schlug vor, wir könnten Anna besuchen – Michael war für einige Tage in London.

Und dann, am Strand, berichtete Søren, der neben mir im hellen Gras lag, mit unterdrücktem Schluchzen in der Stimme von den entsetzlichen Demenzattacken, die ihn immer häufiger heimsuchten. Sie verschwanden plötzlich, wie sie kamen, ließen ihm die grausame Illusion, alles könnte wieder werden wie früher. In den Augen aller, manchmal auch seinen eigenen, hatte er alles, um glücklich zu sein – dann überfiel ihn wieder der Nebel, und Abgründe taten sich auf . . .

Anna und Marie gingen am Ufersaum entlang, wie an jenem anderen, fernen, nahen Abend. Ich glaube, sie sprachen über Søren.

Ich besuchte Søren in der psychiatrischen Klinik. Das Gebäude ist nicht hässlich, nur ein wenig düster mit seiner lang gestreckten Steinfassade und den grauen Fensterläden. Ringsum ein Park, der an französische Anlagen aus dem achtzehnten Jahrhundert erinnert. Hier sind die Durchbrechungen der Regelmäßigkeit vielleicht etwas weniger kalkuliert als dort, aber auf den Rasenflächen gibt es Brunnenschalen, außerdem ein buschiges Wäldchen, in dem sich die Wege unter Tannen verlieren.

«Leider haben wir nicht die Mittel, die es brauchte, um das alles zu unterhalten!» Professor Lange zog ein bedauerndes, schuldbewusstes Gesicht. «Aber was sollen wir tun? Die Stadt zahlt uns nur einen einzigen Gärtner!»

Der Regen schlug an die Fenster seines Büros.

«Sonst sind die Kranken um diese Tageszeit im Park. Aber heute . . .»

Im Flur draußen hallte hysterisches Gelächter, dazu Rufe, von denen ich nicht erkennen konnte, ob sie Wut ausdrückten oder Schmerzen.

«Diesmal weiß ich gar nicht, ob wir Ihren Freund Søren überhaupt wieder fortlassen können», fuhr der

Arzt fort. «Ich weiß, was Sie gleich sagen werden. Er braucht sein übliches Leben, das Licht von Skagen ...»

Leiser fügte er hinzu:

«Das letzte Mal, als ich ihn zurückgelassen habe, kam er im schwersten Stadium der Depression zurück. Und das Verhältnis seiner Frau mit Hugo Alfvén trägt nicht zur Besserung bei. Wie soll ich ihm nur sagen, dass sie die Scheidung eingereicht hat?»

Ich hörte nicht mehr wirklich zu. Am Waldrand wurde trotz des Regens eine vertraute Gestalt sichtbar. Ich ließ Professor Lange in seinem Büro sitzen.

Offensichtlich habe ich einen schlechten Tag erwischt. Søren trippelt mit kurzen, mechanischen Schritten, er ist durchnässt, lässt sich aber von der Schwester, die ihm folgt und ihm eine Decke um die dürren Schultern legen will, nicht von seinem Spaziergang abbringen. Der mit Erde verschmutzte Schlafanzug ist eine Parodie seiner weißen Anzüge.

Wassertropfen hängen an seinen überlangen Augenbrauen. Ich winke der Schwester, dass sie gehen kann. Dringt meine Anwesenheit zu Søren durch? Ich lege ihm die Hand auf die Schulter, aber er zeigt keinerlei Reaktion, verfolgt seinen schlafwandlerischen Weg. Ich drücke ihn an mich, aber er ist weit fort, nicht erreichbar.

Und dann auf einmal wendet er mir das Gesicht zu. Es ist immer noch fahl, doch der leere Blick belebt sich mit einem Mal, wird von einem wilden Blitz durchzuckt:

«Ich kriege sie, hörst du! Alle, alle am Strand. *Johannisfeuer am Strand von Skagen!* Das wird das größte Bild der Welt. Und dann ins Höllenfeuer mit uns allen!»

Wieder wendet er den Kopf ab. Ein anderes Land holt ihn ein, zu dem ich keinen Zutritt habe. Der Regen hat ausgesetzt, und aus allen Türen der Klinik strömen verrenkte Gestalten, schreiend, lachend, schlaksig, und alle in Weiß.

Paris, Januar 1919

Søren hatte gerade noch Zeit, *Johannisfeuer am Strand von Skagen* zu malen, bevor er starb. Dann kam der Krieg . . .

Und jetzt liegt Karins Brief vor mir.

Ich stelle mir den kleinen, verschneiten Friedhof von Sundborn vor. Sehe die Menschen von Skagen am Strand entlanggehen, bei Sørens Beerdigung, auf dem schmalen weißen Sandstreifen, alle in Schwarz, sie gehen langsam, schleppend, hier, wo so manches helle Kleid, so manche leichte Gestalt entlanggegangen ist.

Leicht. Ich hatte an das Leichte glauben wollen. Habe betrachten wollen. Vor allem nicht begreifen. Dazu brauchte ich mich nicht anzustrengen – zum Begreifen habe ich wenig Talent. Zu betrachten ist schön, von einer zugleich beständigen und flüchtigen Schönheit. Man hat das Gefühl, ein Geheimnis zu berühren. Allerdings schmerzt es auch, nur zu betrachten, wenn man ewig Zuschauer bleiben muss, kein Talent dazu hat, die leichte Materie der Bilder mitzugestalten, und alles andere ungreifbar, ohne feste Form bleibt.

Ich habe die Wege einiger Maler gekreuzt, habe ihren Wein getrunken und ihre Sommerabende. Aber weder im Schnee von Sundborn noch am Strand von Skagen hatte ich Bilder zu erschaffen. Ich hatte keine Aufgabe zu erfüllen. Keine Arbeit wartete auf mich. Lange habe ich diese Unbeschwertheit geliebt. Bin leicht geblieben. Jetzt aber ist der Zuschauer traurig. Ich denke, sowohl Søren als auch Carl haben so jemanden neben sich gebraucht. Sie kannten das Geheimnis, aber ihr eigenes Geheimnis verzehrte sich, brannte allmählich aus. Sie hatten Projekte im Sinn, Ausstellungen in Kopenhagen oder Stockholm. Sie hatten Sorgen, Verantwortungen, gingen finanzielle Risiken ein. Ich ging frei neben ihnen einher. Ich war sogar der Geist ihres Malens. Das zu schreiben, ist durchaus nicht überheblich. Eher lächerlich. Auch ein wenig seltsam – von jener leichten Seltsamkeit, die mein ganzes Leben kennzeichnet.

Und jetzt liegt Karins Brief vor mir. Ein Weg öffnet sich. Es wäre einfacher, gäbe es da nicht meine Erinnerung, die mehr ist als ein Schatten. Und wenn Julia . . .?

Ach nein. Auch Julia ist zur Stelle in diesen unbeschriebenen Seiten, dem Schweigen. Ein anderes Leben, so fern. So verborgen und blendend zugleich. Wie das Blau von Skagen, dort, im Licht des Nordens.

Der erste Schluck Bier
100 Seiten, gebunden mit
Schutzumschlag und Leseband
ISBN 3-502-12140-0

Der erste Schluck Bier. – Er ist der einzige, der zählt. Die anderen, immer größeren, immer harmloseren, sind freudloser Überfluss. Höchstens der letzte erlangt eine ähnliche Bedeutung, wegen der Enttäuschung, dass es vorbei ist. Aber der erste Schluck! Schluck? Es fängt schon lange vorher an. Allein schon das prickelnde Gold auf den Lippen, die vom Schaum verstärkte Frische, dann langsam am Gaumen entlang das von Bitterkeit gezügelte Glück. Wie lang er einem vorkommt, der erste Schluck!

«Wunderbar kleine Momente beschreibt Philippe Delerm und verdichtet das Glück des Augenblicks zu meisterlichen Gutenachtgeschichten für Erwachsene.» *Stern*

«Lest Delerm. Lasst andere arbeiten!»
Die Welt

Philippe Delerm bei Scherz

Arnold hat keine Eile
128 Seiten, gebunden mit
Schutzumschlag und Leseband
ISBN 3-502-11929-5

Arnold Spitzweg ist Traumtänzer und Zukurzgekommener zugleich. Paris hat er sich zur Heimat erkoren, denn in Paris fühlt er sich am Nabel der Welt und gleichzeitig wie im Dorf. Arnold lebt allein – das hat sich eben so ergeben – und arbeitet bei der Post. Er liebt es, nach acht Uhr abends Metro zu fahren. Er raucht Ninas und flaniert für sein Leben gern durch die Passage Jouffroy bis zum Palais-Royal. Er mag die Anfänge der Kommissar-Maigret-Romane, und seine Devise ist: Lieber beobachten als analysieren. Eines Tages verliebt er sich in Clémence Dufour von Schalter 4 . . .

«In den zirka dreißig Miniaturen bastelt Delerm fingerfertig an einer winzigen Bühne, auf der sein kurioser Held Akteur und Zuschauer zugleich sein darf.» *Neue Zürcher Zeitung*